Elke Heidenreich

Dein Max

Erzählungen

rororo

Rowohlt

Veröffentlicht im
Rowohlt Taschenbuch Verlag GmbH,
Reinbek bei Hamburg, Juli 1996
Die Texte der vorliegenden Ausgabe wurden
dem Band «Kolonien der Liebe»
entnommen

Umschlaggestaltung Beate Becker
(Foto: Isolde Ohlbaum)
Gesetzt aus der Sabon (Linotronic 500)
Gesamtherstellung Clausen & Bosse, Leck
Printed in Germany
200-ISBN 3 499 22068 7

Inhalt

Dein Max

«Dieser Frühling ist ein Frühling der aufgerissenen Fenster und Türen», schrieb er, «aus denen vieles rausfliegt, das lange angestaubt war und auf wackligen Beinen herumstand. Vielleicht fliegt dabei auch einiges mit, was man noch hätte gebrauchen können, aber das wird sich erst später herausstellen. Zwischen uns, liebe Rita, gibt es vieles, was nicht stimmt. Tja. So ist das nun mal alles gekommen. Und jetzt kommt was anderes. Leb wohl, Dein Max.»

Der Brief war sechs Seiten lang, in seiner schönen Schrift. Rita las ihn um zehn Uhr zwanzig an einem strahlendblauen Vormittag im März. Sie schnappte sich den Hund und suchte einen Weg aus, den sie schon lange nicht mehr gegangen war. Die Natur sah ziemlich mitgenommen aus – das war ein grimmiger Winter gewesen, zu lang, zu kalt, zuviel Schnee, böse Stürme. Die meisten Birken waren einfach in der Mitte durchgebrochen, Bäume lagen kreuz und quer durcheinander, die Wege waren tief zerfurcht. Rita wollte schon lange weg aus dieser Gegend, in der man die Jahreszeiten so deutlich miterleben mußte. Das war nichts für sie, sie liebte die immergleichen grauen Dunsttage der Städte.

Der Hund schleppte Stöcke an, die sie ihm werfen sollte. Er sprang ausgelassen vor ihr herum, und Rita dachte, gut so, mein Lieber. In jedes schwarze Loch, das sich anbietet, fall ich auch nicht mehr. Schreib doch, was du willst, ich denke nicht daran, jetzt trübselig zu werden.

Am Landgut waren sie fast fertig mit den Bauarbeiten. Jahrzehntelang war das Gut vor sich hin verrottet, bis dann der elektrische Millionär gekommen war und alles im alten Stil sanieren ließ, sogar das zerfallene Gartenhaus hatten sie höchst putzig wiederaufgebaut. Da hatte sich damals der Maler Ulrich aufgehängt, als sie ihm wegen der bevorstehenden Renovierung kündigten. Eines Tages, dachte Rita, wenn der Millionär mit seiner dritten und gewiß bezaubernden Gattin hier eingezogen ist, werde ich klingeln und sagen: Entschuldigen Sie die Störung, aber ich möchte Ihnen nur rasch die Stelle zeigen, an der der Maler Ulrich sich Ihretwegen aufgehängt hat.

Der Hund haute ihr einen großen Stock in die Kniekehlen, und sie riß ihn brutaler aus seinem Maul, als nötig gewesen wäre, und schmiß ihn den verwüsteten Hang hinunter. Sie rannte, bis Herz und Lungen schmerzten, und weinte zornig, weil ihr nie wieder Ivan, der wildernde Hund des Malers Ulrich, begegnen und sie anblaffen würde, dieser schöne ungestüme Wüstling, der nach dem Tod des Malers erschossen worden war, weil niemand mit ihm fertig wurde.

Das neckische Hexenhäuschen war jetzt in der Talsenke zu sehen. Ausgerechnet da hatten sie den Kinderfunk untergebracht. Wenn ich ein elektrischer Millionär wäre, dachte Rita, würde ich es ganz und gar mit Zuckerplätzchen und Lebkuchen bepflastern und von Aussiedler-, Türken- und Zigeunerkindern leer fressen lassen, dann hätten wir wieder was Herziges für die Lokalpresse.

Mitten in der zerschlagenen Landschaft wuchsen doch wahrhaftig schon erste Frühlingsblumen, eine Gegend für Rotkäppchen, aber ohne Wolf. Rotkäppchen. Ausgerechnet über Rotkäppchen hatte Rita sich neulich eine ganze Nacht lang gestritten mit irgendeinem Roland, Ilses psychologischer Neuerwerbung. Ilse war Ritas Freundin – nein, das war sie natürlich nicht, Ilse war eine schmuddelige Schlumpfliese, die sie mal vor sieben oder acht Jahren kennengelernt hatte und die ihr mit Briefen und Telefonaten eine zähe, klebrige Freundschaft angehängt hatte – «rat mal, wer um diese

Zeit noch anruft?» Rita hatte Ilse eigentlich in den letzten Jahren immer nur benutzt als Ausflucht, wenn sie Max nicht treffen wollte. (Mein Gott, dachte sie, immer war ich es doch, die beschlossen hat, ob man sich sieht oder nicht, warum trifft es mich dann jetzt so, wenn er es ist, der schreibt: leb wohl?) Ilse und Roland. Rotkäppchen. Ob das nun was Sexuelles wär, hatten sie bis vier Uhr früh diskutiert, und was «auffressen» bedeutet, und wer Wolf, wer Jäger ist a) in der Geschichte, b) im Leben, und Roland hatte Wörter wie «Identitätsdesign», «Leidensspreizung» und «Ego-Zubehör» benutzt, und Rita hatte gesagt: «Was hast du denn da wieder für ein Arschloch aufgetan, Ilse», als er zum drittenmal aufs Klo schlurfte.

Ilse hatte Roland auf der Uni kennengelernt, er war Psychologe mit Lehrauftrag, und auf diese kleinen ungesunden Besserwisser war sie ja schon immer abgefahren. Ilse liebte häßliche, verklemmte Männer, die bedeutend jünger waren als sie, ihr die Tasche trugen und beim Geschlechtsverkehr in Tränen ausbrachen, weil irgendwas aus ihrer Kindheit sie überwältigte.

Rita hatte Ilse damals schon aus dem Zug angerufen, vorsichtshalber, denn wäre sie allein in eine Kneipe gegangen, hätte sie sich ja früher oder später doch mit Max getroffen, und sie wollte versuchen, ihn eben nicht zu treffen. Dann schon lieber ein zäher Abend bei Ilse, und die hatte sie auch gleich beschworen, «du mußt Roland kennenlernen, es ist alles noch ziemlich distanziert zwischen uns, weißt du, weil ich noch so angeschlagen bin von der Kiste mit Olaf. Olaf läßt dich übrigens grüßen, wir treffen uns jetzt manchmal freundschaftlich in der Bhagwan-Disco, aber das darf Roland nicht wissen, er ist so irrsinnig sensibel.»

Spätestens da hätte Rita sagen sollen, Ilse, leck mich sowohl mit Olaf als auch mit dem irrsinnig sensiblen Roland am Arsch, ich kann euch ehrlich gesagt alle nicht mehr ertragen, und sie hätte vom Bahnhof aus direkt in ihre Kneipe fahren sollen, in der das scharfe Video mit Tina Turner und David Bowie lief. Statt dessen hatte sie sich von Ilse am Zug abholen lassen, lila Rock mit braunen Rosen, Gesundheitsschuhe, rote Lippen, zu große Ohrringe. Max, Max, Max, hatte Rita gedacht, Max, wo bist du, Hilfe, Schönheit, mehr Liebe, bitte!

An der Tür schlug ihr Essensgeruch entgegen, Roland hatte gekocht. «Keinen Hunger», sagte Rita würgend, «ich eß immer im Zug.»

Sie tranken Champagner in der Küche, Ilse löffelte Gemüsesuppe und sagte: «Erzähl doch mal von deiner Arbeit.»

Rita erfand ein paar spannende Konflikte und bereute es, als sie sah, wie fassungslos vor Entzücken ihr Ilse zuhörte, mit offenem Mund, aus dem die Suppe lief. «Toll», sagte Ilse, «was du immer alles erlebst», und Rita dachte: Warum, verdammt noch mal, schaffe ich es nicht, die Leute so zu langweilen, daß sie mich vergessen? Jetzt würde Ilse wieder schreiben und anrufen und anrufen und schreiben, und es nahm nie ein Ende.

Roland kam in die Küche, und sie hatten sofort Streit gekriegt. Irgendwer hatte von Rotkäppchen angefangen, und Rita hatte die Diskussion in immer absurdere Ecken getrieben – sexuell? Mann – Wolf, penetrieren? Alles Scheiße! Rotes Mützchen! Marx! Um Außenseiter ging es, alles politisch, Kommunistenfresser.

Rita stellte fest, daß sie auf einmal doch Blumen gepflückt hatte, ein mageres Sträußchen. Sie legte sie auf eine Bank und atmete tief durch. Ilse, Roland. Weg damit. Sie würde einen Brief schreiben, liebe Ilse, dies ist der Frühling der offenen Fenster...

Mein Gott, wie weh das tat. War sie für Max so lästig gewesen, wie ihr Ilse ist? Ab damit, auf den Erledigthaufen? Leb wohl, dein Max. Und das in diesem Jahr, in dem sowieso bis jetzt alles schiefläuft, und dabei ist es erst März.

Der Hund hatte unter einem Laubhaufen einen Igel entdeckt und scharrte und bellte. Er trottete nur widerwillig hinter Rita her, die fest und energisch ausschritt. Nein, sie machte sich nichts vor: Zwischen ihr und Max hatte von allem Anfang an nichts gestimmt. Schon das Kennenlernen war eine kranke Sache gewesen, an einem jener Tage, an denen Rita nach Köln fuhr, ohne dort etwas zu tun zu haben, einfach so, weil Stillstand Tod bedeutet hätte. Der Zug fuhr die schöne Strecke am Rhein entlang durch eine Gegend, in der sie ein kleines Mädchen gewesen war – Faltenröcke, Tagebücher, Klavierstunden, Liebesbriefe. Hinter Budenheim ist eine Glashütte – Katharina, Katharina, meine Freundin, wo bist du? Weißt du noch, wie wir auf der Wiese lagen und uns vorstellten, was eine Glashütte sein könnte? Das mußte der Ort sein, an dem der verwunschene Königssohn mit den Tieren lebte, und abends kamen die verirrten Köhlertöchter und machten erst das Nachtessen und das Lager für sich selbst und dann für die Tiere, und die Tiere schüttelten traurig die Köpfe, sagten «ducks!», und die Köhlertöchter fielen durch Falltüren in tiefe Keller, bis einmal die kam, die zuerst für die Tiere sorgte, ehe sie sich schlafen legte, und da tat es Blitz und Donnerschlag, und die Glashütte verwandelte sich in einen Glaspalast, und da lebte die Köhlertochter glücklich mit dem Königssohn – Katharina, was ist aus den kleinen Mädchen mit den gläsernen Träumen geworden? Die Glashütte hinter Budenheim ist aus Wellblech, denn wenn wir älter werden, gibt es keine Prinzen und keine Glaspaläste mehr, nur noch Donnerschläge.

In dieser Landschaft war Rita mit Hermann durch die Weinberge gegangen, und sie war auf eine Bank gestiegen, und Hermann hatte ihr an den Mantelsaum ein Stück Nerz genäht, ringsum, denn das war der Winter der Piroschka-Mode, und alle Mädchen wollten aussehen wie Anouk Aimée in «Ein Mann und eine Frau», mit Pelz am Saum. Damals hielt Glück noch ganze Nachmittage lang, heute bringen wir es auf fünf bis zehn Minuten, wenn wir uns geliebt haben, ohne zu reden.

Im Taxi lief Elton John, «All quiet on the western front». Rita ließ den Taxifahrer einen Umweg nehmen, damit sie den Song ganz hören konnte, aber dann hatte sie sich doch vor ihrer Stammkneipe absetzen lassen, und alles war wie immer. Der kleine dicke Dichter war da, ganz in Schwarz, und sie hatten sofort Streit bekommen, schrien sich an, tranken Wodka und fühlten sich wohl. Mascha stellte sich dazu und zeigte ihren schönen Busen, da hatte der kleine Dichter auf Augenhöhe ordentlich was zu gukken, denn Mascha war gute einsachtzig. Sie roch nach hundert verschiedenen Männern, und Rita hatte alle Männer zum Teufel und sich in Maschas Arme gewünscht, aber dazu waren sie alle noch nicht betrunken genug. Rita wechselte auf weißen Rum mit Zucker und Limone, damit ging es bei ihr immer am schnellsten. Das Schöne an Mascha war, daß sie nie sprach, sie stand immer nur da, weich, seidig, fahrig, ein Glas in der Hand, und plötzlich war sie wieder weg, allein oder mit jemand, der ihr den richtigen Blick zugeworfen hatte.

Zwei Musiker waren dazugekommen, der egozentrische und der experimentelle. Der egozentrische war gerade in Brasilien gewesen und tönte herum, daß er den Brasilianern erst mal beigebracht hätte, was Tango wäre. «Argentinien!» murmelte Rita matt. «Tango, das ist Argentinien», und er schrie sie an: «Warst du da oder ich, Mann?» und stritt sich dann mit dem kleinen Dichter über den Sinn von Kaffee-Solidaritätsabonnements für Nicaragua. Der experimentelle Musiker hatte was Falsches gegessen und kotzte quer über den Tisch und sah dann so aus, als würde er dem egozentrischen gleich eins in die Fresse geben. Rita hoffte sehr darauf, denn Schlägereien unter Freunden hatten immer etwas Befreiendes.

Mascha war mit diesem Typ weggeschwebt, der von einem brennenden Auto die dicken Narben an den Armen hatte und immer kurzärmelige Hemden trug, damit man sie auch sah. Dafür liebte Rita ihn, das machte alles so klar und einfach, und außerdem konnte er keinen vernünftigen zusammenhängenden Satz sagen. Der Alte war noch gekommen, mit zwei hohläugigen Mädchen. Er hatte eine Kneipe hinterm Bahnhof, heute war sein Ruhetag, und weil Leute mit Kneipen an ihren Ruhetagen nicht wissen, was sie mit sich anfangen sollen, sitzen sie dann eben in andern Kneipen. Plötzlich sagte jemand: «Da ist ja Max», und sie hatte ihn zum erstenmal gesehen.

Rita kroch auf Händen und Füßen keuchend hinter dem Hund her einen Abhang hinauf. Immer wieder blieb er freundlich wedelnd stehen und wunderte sich, wieso sie so langsam war. Oben legte sie sich atemlos und erschöpft auf den feuchten, weichen Boden, und der Hund leckte ihr mit seiner warmen Zunge übers Gesicht.

Sie hatten sich angesehen, er, der lange Magere, der Ruhige, und sie, die kleine Quirlige, und dann hatte er gesagt: «Weißt du was, wir beide sollten hier weggehen.»

Sie hatte so getan, als hätte sie das nicht gehört, denn wenn Sätze, von denen man immer träumt, auf einmal wirklich gesagt werden, also, das ist einfach zu blöd. Sie war statt dessen nach hinten an die Theke zu Lisa gegangen und hatte sich einen Wodka mit Amaretto mixen lassen, *Good mother* hieß diese grauenvolle Mischung, und Lisa sagte denn auch «What's good about it» und «du bist aber nicht gut drauf heute». Rita wußte, daß sie sich nie und nirgends je so wohl fühlen würde wie in dieser elenden Kneipe mit dem Neonlicht, den schlecht gespülten Gläsern, mit dem kleinen Dichter, der dem egozentrischen Musiker den Aschenbecher auf den Kopf haute, und mit der Musik, die sie hier spielten, gerade war es Lou Reed, und er sang «please, say hello».

Max war zu ihr an die Theke gekommen und sagte: «Also, ich muß hier raus, wir treffen uns dann um halb eins im alten Roxy.»

Rita versuchte sich zu erinnern, ob er sie geküßt hatte, kann schon sein, jedenfalls stand ihr Herz still vor lauter Zärtlichkeit für sein bitteres, müdes Gesicht.

Sie rappelte sich auf und ging weiter, der Hund blieb ratlos dicht neben ihr und verstand nicht, warum sie weinte. Es stimmt nicht, daß es die großen Katastrophen wie Krieg, Feuersbrunst oder Krebs sind, die uns fertigmachen.

Das Herz bricht still zwischendurch an einem klaren Märztag, leb wohl, dein Max. Dagegen gab es kein Mittel. Das war diese neue Generation, die räumte rigoros mit verstaubten Gefühlen auf, während Rita ihre schal gewordenen Lieben durch die Jahrzehnte schleppte und elend an ihnen wurde. Max war zehn oder zwölf Jahre jünger als sie, da kann man noch die Fenster aufreißen und alles rausfliegen lassen, aber mach das mal mit Mitte Vierzig. «Du verdammtes Schwein», schrie Rita, «du Schuft, du Wichser, du grenzenloses Miststück», und sie trat gegen einen Baum, bis ihr der Fuß weh tat. Der Hund stand ein Stück abseits mit eingeklemmtem Schwanz und angelegten Ohren.

Sie zog die Nase hoch und wischte sich mit dem Ärmel die Tränen ab. «Scheißkerl», schrie sie und trat noch einmal gegen den Baum, ehe sie weiterging. Sie waren im Roxy damals, und es war fürchterlich gewesen. Ein Künstler machte eine Performance, eine unglaublich aggressive Geschichte: auf großen Monitoren lief «The day after», und aus vier Lautsprechern kam Bombenlärm. In der Mitte des Raums ein Maschendrahtkäfig mit Männern in olivgrünen Uniformen, die mit Knüppeln Männern in blauen Arbeitskitteln auf die Köpfe schlugen. Die Köpfe steckten unter roten Plastikeimern. Auf dem Boden Glasscherben, und daneben ein zweiter Maschendrahtkäfig, in dem ein nacktes Paar miteinander tanzte. Alles, wovor Rita Angst hatte, passierte hier in diesem Raum auf ein paar Quadratmetern, und plötzlich war Max wieder da und hatte den Arm um sie gelegt. Als Rita es nicht mehr aushalten konnte, war sie hinausgelaufen und über die Straße in die alte kleine Kirche gegenüber geflüchtet. Es war schon nach ein Uhr nachts, aber die Kirche war offen, kühl und still und voll von der zynischen Abwesenheit Gottes. Rita hatte am Seitenaltar alle Opferkerzen ausgeblasen, und eine Pennerin, die auf der letzten Bank schlief, hatte sie entsetzt angesehen und sich bekreuzigt.

Danach war Rita nicht mehr zurückgegangen ins alte Roxy, sondern hatte wieder ihre Kneipe angesteuert. An einer Stelle der Straße rissen ein paar Punks frisch gepflanzte junge Bäume aus und zertrampelten sie, stachen mit Messern in die Reifen eines angeketteten Fahrrads, pinkelten an eine Haustür. In der stillen, gepflegten Stadt, in der sie wohnte, hatte Rita immer Angst, aber hier war die Sache klar – Krach, Gewalt, Aggressivität, offen und unversteckt, damit kam sie zurecht und fühlte sich fast geborgen.

Die Kneipe hatte schon zu, aber Rita kannte den Weg über den Hof nebenan und durch die

Küche, den nur die Stammgäste kennen. Lisa zog sich eine Linie Koks rein, Mascha und der mit den Narben hatten Champagner bestellt, der kleine Dichter war auf dem Fußboden eingeschlafen. Tom Waits sang «I never heard the melody till I needed the song», und der hohläugige Alte spielte im Hinterzimmer Billard gegen die beiden Mädchen. Am Ecktisch saß der Kranke, seine Krücken neben sich gelehnt, und trank mit geschlossenen Augen Tee. Lisa machte Rita noch einen Wodka, drehte die Musik ab und schob das Video mit Tina Turner und David Bowie rein. Alle guckten hin, und plötzlich fing Mascha an, von ihren Ängsten und verlorenen Träumen zu reden, und der kleine Dichter wachte auf und zeichnete lallend ein düsteres Szenario der Welt, und der Kranke sagte: «Was ihr für Sorgen habt, ich leb vielleicht noch drei oder vier Jahre und bin froh über jeden Teller Suppe, den ich noch essen kann, ohne mich von oben bis unten vollzusauen.»

Danach hatten sie so lachen müssen, daß sie fast von den Stühlen fielen, und der Kranke lachte auch und schrie: «Hört auf, wenn ich lache, tun mir alle Knochen weh, ich darf nicht lachen! Was ist denn bloß so komisch daran, daß ich in drei Jahren tot bin?»

Max war gekommen, hatte sich ans Klavier

gesetzt und gespielt, und es war ganz ruhig und friedlich gewesen, und ein Joint wanderte rum, ganz wie in den alten rührenden Zeiten, als wir noch keine anderen Sorgen hatten, als ein bißchen zu kiffen. Ritas Atemlosigkeit wich, sie wurde weich und ruhig und dachte: Ich habe noch nie so geliebt wie in diesem Augenblick, dabei weiß ich nicht mal, wen.

Gegen halb drei klingelte das Telefon, und Lisa nahm ab. «Es ist Pit», sagte sie und hielt den Hörer zu, «er will mal wieder aus dem zwölften Stock springen.»

Der kleine Dichter nahm das Telefon und sagte: «Pit, mach keinen Quatsch, ich nehm mir jetzt ein Taxi und komm bei dir vorbei, okay?» Und dann hörte er noch einen Moment zu und sagte: «Weißt du was, verarschen laß ich mich nicht», und legte auf. «Wenn ich schon komme, sagt Pit, soll ich Pommes, Gyros und fünf Flaschen Bier mitbringen», erklärte er uns, und wieder lachten wir uns halbtot, und der Kranke rief: «Der Trick ist super, den muß ich mir unbedingt merken!»

Der Hund war endlich müde geworden und schlich neben Rita her, als sie jetzt den Weg zurück ins Tal einschlug. Sie mußte schließlich irgendwann wieder nach Hause, konnte nicht immer vor dem Anblick dieses Briefes weglaufen.

Es war der letzte in einer langen Reihe von Briefen, manische Schreiber sie beide. Jeden zweiten Tag hatten sie sich in den vergangenen drei Jahren geschrieben, über Bücher und Filme, Musik, Beobachtungen, Menschen, über Träume und Pläne und das, was im Kopf und auf der Straße passiert, und immer wenn ein Brief von ihm kam, hatte ihr Mann gelächelt und gesagt: «Du und dein Max.»

Einmal hatte Max sie richtig geküßt, da saßen sie zu dritt in einem Biergarten, und er hatte eine häßliche Freundin bei sich, die er mit einem Kuß kränken wollte. Er hatte sich über den Tisch gebeugt, Ritas Kopf in seine Hände genommen und sie lange und fest geküßt, nur um seine Freundin zu ärgern, aber Ritas Herz hatte geklopft, und es hatte ihr gefallen.

Manchmal waren sie am Rhein spazierengegangen und hatten sich Dinge erzählt, die niemand sonst von ihnen wußte, sie hatten auf die Schiffe geschaut und sich leicht und schnell gefühlt. Doch, es war eine Liebesgeschichte gewesen. Eine ohne Bett. Aber er hatte das nicht verstanden und ihr diesen Brief geschrieben. Zu Hause matschte Rita dem Hund sein Futter aus Fleisch, Gemüse und Haferflocken zusammen und legte den Kopf auf den Brief, der vor ihr auf dem Tisch lag. Ihr Mann kam herein und fühlte ihre Stirn. «Krank?» fragte er, und: «Fieber?»

«Nein», sagte Rita, und sie machte das Fenster weit auf und ließ ihre Liebe hinausfliegen. «Dieser Frühling ist ein Frühling der aufgerissenen Fenster», sagte sie zu ihrem Mann, aber der hatte sich eine Pfeife angezündet und saß schon wieder an seiner Arbeit.

Nach einem halben Jahr lag im Briefkasten ein Umschlag mit seiner schönen Schrift.

«Rita», schrieb er, «Du kennst mich, immer zu schnell, zu heftig, zu endgültig. Natürlich ist nichts vorbei. Schreib schnell, Dein Max.»

Noch an diesem Abend schrieb sie an Ilse, daß dies der Frühling der aufgerissenen Fenster sei, und da fliege nun einiges raus, was schon lange angestaubt auf wackligen Beinen rumgestanden hätte, «so auch unsere Freundschaft, liebe Ilse, die nie eine Freundschaft war, leb wohl, Rita». Erst zwei oder drei Jahre später traute sie sich wieder in die Kneipe, und Lisa sagte: «Du hättest ruhig früher kommen können, dein Max verkehrt hier nicht mehr. Er hat geheiratet und ist ziemlich dick geworden, und, weißt du, zwei Kinder hat er auch.» Sie tippte sich an die Stirn und zapfte Rita ein Bier. Es lief «Heartattack and vine» von Tom Waits, und Lisa erzählte, daß der Kranke jetzt im Rollstuhl sitze und Essen auf Rädern kriege und die Treppe nur noch runterkomme, wenn ihn jemand trage. Pit war tatsächlich doch noch aus dem zwölften Stock gesprungen, und der kleine Dichter war endlich auf Entzug. Mascha war mit irgendeinem Typen nach Ibiza gezogen, angeblich hatte sie Aids, aber das wußte niemand so genau, und der experimentelle Musiker spielte jetzt mit Brian Eno zusammen und hatte endlich Erfolg.

Am Ecktisch saß der egozentrische Musiker und sagte: «Hey, Rita, hab ich dir schon erzählt, wie ich den Brasilianern mal beigebracht habe, was Tango ist?»

Und Rita sagte: «Nein, erzähl.»

Winterreise

Lieber Alban,
ich bin hier in Wien, in diesem bitterkalten Januar, weil ich vor dir geflohen bin, so weit wie möglich. Hier kannst du mich nicht erreichen und nicht verwirren mit deinen hellen Augen, deinem langen Haar und deiner selbstbewußten Jugend. Dies ist eine böse, alte, traurige Stadt, und ich bin eine böse, alte, traurige Frau, die ihre Ruhe haben möchte vor schönen Kindern wie dir. Was hast du angerichtet, Alban? Ich war so entzückt, als ich dich zum erstenmal sah, ich war mehr als entzückt, ich war außer mir vor Leidenschaft für deine Schönheit. Du trugst ein grünweiß gestreiftes Hemd und helle Hosen, deine Haut war bronzebraun, du hattest beide Hände hinter dem Kopf verschränkt und hieltest dein Gesicht mit dieser hohen, geraden Stirn in die Sonne. Ich schaute dich an, und in dem Moment öffnetest du die Augen, sie waren hellgrau und dein Haar war goldfarben, und du lächeltest und botest mir mit einer Handbewegung an deinem Tisch in der Sonne einen Platz an. Alle anderen Tische waren besetzt. Ich setzte mich ne-

ben dich, und du schlossest deine Augen wieder, und ich fürchtete, mein Herz würde zu laut schlagen. Ich bestellte mir einen trockenen weißen Wein und du dir noch einen Espresso, und wir lächelten uns zu. Als Kind hatte ich ein Buch über griechische Götter, die Götter sahen aus wie du. Aber sie bewegten sich nicht mit deiner Anmut, ich hätte immer nur sitzen und dir staunend zuschauen mögen, aber du zahltest, standest auf und fuhrst mit deinem Fahrrad davon.

Ich bin gestern abend spät hier angekommen, ein Freund hat mir seine Wohnung zur Verfügung gestellt. Es muß sein, Rudolf, habe ich ihm am Telefon gesagt, ich muß ein paar Wochen ganz allein sein, glaub mir, es geht um Leben und Tod. Rudolf spielte in München Theater, und seine Wiener Wohnung stand leer, und für Dramen, in denen es um Leben und Tod ging, hatte er viel Verständnis. Erzähl, hatte er gesagt, aber was hätte es zu erzählen gegeben? Daß ich jeden Tag wieder in das Café ging, nur um dich zu sehen? Und tatsächlich warst du immer da, oft umgeben von Freunden, manchmal allein, wir nickten uns zu wie alte Bekannte, und ich wurde dein Bild in meinem Kopf nicht mehr los. Jemand rief dich: Alban!, und so bekam die Schönheit einen Namen.

Ich mußte lange klingeln gestern abend bei

der Hauswartin, die Rudolfs Schlüssel hatte. Jaja, brummte sie, der Herr Rudolf habe durchaus Bescheid gegeben, aber man komme spät, und natürlich sei die Wohnung nun kalt, man heize schließlich nicht ins Ungefähre, Stiege vier, dritte Tür, und immer gut abschließen!

Rudolfs Wohnung ist ein unglaubliches Durcheinander von alten Möbeln, schönen Bildern und Plunder wie unzähligen indischen Kissen und Stapeln alter Theaterprogramme. Ein Kronleuchter hoch oben an der Decke mit bunten Glühbirnen gibt ein abscheuliches Licht, das Bett ist riesig groß und viel zu weich und tief, es gibt keinen Schreibtisch. Es ist so kalt! In der Küche muß man einen Gasboiler aufheizen, der gefährlich brüllt und tobt, und dann wird es ein kleines bißchen wärmer, aber am ersten Tag habe ich mir einen Topf mit heißem Wasser, in eine Decke gewickelt, unter die Bettdecke gestellt, um warme Füße zu bekommen. Und ich lag im Dunkel dieser fremden Wohnung mit Gerüchen und Geräuschen, die ich nicht kannte, in einer Stadt, in der ich nie zuvor gewesen war, nur um von dir weg zu sein, Alban.

Am vierten oder fünften Tag hast du dich zu mir gesetzt, und wir haben uns über Musik unterhalten. Du seist Pianist gewesen – gewesen? fragte ich, du bist doch höchstens fünfundzwanzig. Vierundzwanzig, hast du gelacht, aber das Klavierspielen vor Leuten würde dir keinen Spaß machen, die Konzerte, die schwarzen Anzüge, das feierliche Getue, du würdest nur noch für dich spielen und hier und da ein paar Jobs annehmen, irgendwas, manchmal als Musiker, meist Aushilfsjobs in Kneipen.

Ich war fast doppelt so alt wie du und hatte gerade mit dem Klavierspielen angefangen. Ich möchte irgend etwas von Schubert selbst spielen können, erzählte ich dir, ein bißchen verlegen, aber du fandest das nicht sentimental, sondern ganz wunderbar und wolltest mir sofort Unterricht geben. Ich war darüber tief erschrocken, denn du hattest schon soviel Unruhe in mir ausgelöst – noch mehr Nähe hätte ich gar nicht ertragen können. Du warst einfach zu schön, Alban, ich weiß nicht, wie ich dir das erklären soll. Du warst perfekt. Du warst jung und wunderbar und fröhlich, du zeigtest mir alles, was ich für immer verloren hatte, es wurde mir unerträglich, in deiner Nähe zu sein.

Es war aber auch unerträglich, ohne deine Nähe zu sein. Nachts setzte ich mich auf mein Fahrrad und fuhr zu deinem Haus. Ich lehnte meine Stirn an die Hauswand und fühlte dein Herz hinter der Mauer klopfen und konnte mich nicht mehr losreißen. Jemand hatte mich gefragt: Ist Ihnen nicht gut? Und ich war erschrokken aufgewacht, ich war, auf meinem Rad sitzend, an deine Wand, an dich gelehnt, eingeschlafen.

Mein erster Morgen in Wien lenkte mich so ab, wie ich es mir gewünscht hatte. Ich mußte einkaufen – wohin geht man für Milch, für Brot – rechts die Straße hinunter, links? Wo ist die Post, wo der Briefkasten? Wo kann ich einen Stadtplan kaufen, bin ich weit vom Zentrum oder nah? Wo kann man frühstücken, und wie kommt man mit österreichischen Schillingen zurecht? Welche Zeitung liest man hier?

Fast habe ich dich vergessen können, aber in dem schmuddeligen Café, in dem ich landete, groß wie ein Bahnhof, mit blinden Spiegeln, einem schmutzigen Billardtisch und einer gähnenden Kellnerin mit gelben Haaren und schadhaften Zähnen, bekam ich plötzlich eine solche Sehnsucht nach dir, nach deiner gelassenen Art, strahlend einen Raum zu betreten und ihn auszufüllen mit Lebensfreude und Kraft, daß ich mich ganz elend fühlte und weinen mußte. Ich trank einen Milchkaffee, und in der Musikbox sang Falco, der neulich in einem Interview gesagt hatte: «Wir sind immer vorn, und wenn wir hinten sind, dann ist eben hinten vorn.»

Man liest hier die Kronenzeitung, Alban, und

es ist seltsam, wenn man keinen der Namen kennt, die darin stehen. Ich saß an meinem ersten Morgen in Wien vor einer nichtssagenden Zeitung, voller todestrauriger Verlassenheit, starrte auf die Zeilen und dachte: Alban, Alban.

Meine Einkäufe lenkten mich ab. An einer Straßenkreuzung erinnerte mich ein Schild an dich. Auf dem Schild stand: «Bitte führen Sie Blinde über die Straße.» Du hättest nicht geruht, bis du einen Blinden gefunden und herübergeführt hättest. Befehl ist Befehl! hättest du gesagt und gelacht. Ich kenne dich nur lachend – bis auf dieses eine Mal, vor dem ich so weit geflohen bin, hierher, in diese tiefverschneite Stadt, in der es heute minus 22 Grad hat. Mein Herz ist noch kälter. Die Häuser sind hoch und alt, und ich habe das Gefühl, irgendwo hinter den Gardinen steht der Kaiser Franz Joseph und schaut mißgestimmt auf seine Wiener, auf die vielen Hundehaufen und die verbitterten Rentner, die schnöseligen Jünglinge und die keifenden Weiber und würde gern noch mal ein wenig regieren und alles anders machen.

In meiner Straße – jetzt ist es schon meine Straße – gibt es ein Möbelgeschäft mit Namen Kazbunda, eine Pferdemetzgerei und ein «Därmegeschäft Zeppelzauer», was immer das sein mag. In Australien, sagte das Radio, sei eine andauernde Hitzewelle mit über 40 Grad, die Haie würden zu frech und hätten schon einige Schwimmer angegriffen. In Wien dagegen seien in den letzten Tagen zwölf Menschen erfroren, die meisten davon auf dem Heimweg vom Gasthaus, wie mitleidlos vermerkt wurde. Im Café Demel steht noch die Weihnachtskrippe im Fenster, allerdings mit rosa Pudeln aus Zuckerguß statt mit Ochs und Eselein.

Eines Tages hattest du mir vorgeschlagen, zusammen einen Ausflug zu machen. Wir sind mit dem Schiff über den Rhein gefahren, und ich habe die ganze Zeit darüber nachgedacht, ob es etwas Wunderbares oder etwas Peinliches war, was mir da passierte. Da stand ich nun so in Flammen, nach meinen vielen Liebes- und Ehegeschichten kam leichtfüßig ein schönes Kind wie du daher und brachte alles ins Durcheinander, was ich in meinen Gefühlen schon geordnet und beiseite gepackt hatte.

Es war ein kostbarer Ausflug. Wir haben Wein getrunken und gesungen «Ich weiß nicht, was soll es bedeuten, daß ich so traurig bin», als das Schiff die Loreley passierte, aber wir waren nicht traurig, wir lachten und hatten uns die Arme um die Schultern gelegt. Mutter und Sohn? Was mögen die Leute gedacht haben? Du fühltest dich wohl in meiner Gegenwart, und ich, ich liebte dich so albern und lächerlich, wie Gustav von Aschenbach sich in Venedig am Knaben Tadzio zu Tode liebte.

Auf dem Flohmarkt habe ich mir eine Tasse gekauft, auf der steht: «Die Kohlen sind ein theures Guth, drum brenn sie nicht aus Übermuth», und ein altes Briefsiegel mit deinen Initialen – A. V. Ich weiß nicht, was ich damit will, aber ich schaue es immerzu an und presse es fest auf meine Hand, dann schneiden sich die Buchstaben A. V. ins Fleisch ein und bleiben eine Weile sichtbar. «Ja zum Analverkehr!» steht auf der Wand, auf die ich immer schaue, wenn ich das Haus verlasse, und nebenan ist eine Weinhandlung, die in Stein gemeißelt über dem Portal mitteilt: «Unsere Weine sind kostbar.»

Im Stephansdom habe ich eine Kerze angezündet und mich dann im Café Schwarzenberg aufgewärmt. Ein Mann spielte scheußlich perlende Walzer auf dem Klavier, und dazu ertönte eine Geige, obwohl gar kein Geiger zu sehen war – die Geigentöne kamen aus einem kleinen elektrischen Kasten. Über den Schubertring, vorbei am Beethovenplatz, durch die Mahlergasse, Kantgasse, Fichtegasse bin ich in mein seltsames Zuhause geflohen und habe das Radio angemacht. Ein Mann sang: «Was den Sonntag erst zum Sonntag macht, das ist der Gugelhupf, das ist der Gugelhupf.» Doch, Alban, natürlich hätte ich mir eine Liebsgeschichte zwischen uns beiden vorstellen können. Aber nicht so. Nicht mit diesen mehr als zwanzig demütigenden Jahren dazwischen. Jetzt wollte ich einfach nur ab und zu in deiner Nähe sein und mich anstecken lassen von dir, ja, ich fühlte mich neben dir auch schöner und jünger, du hast genug gestrahlt für uns beide, und dein unbekümmertes Flirten hat mir Spaß gemacht, noch.

Es schneit. Die Möwen fallen mit angefrorenen Flügeln vom Himmel, Eiszapfen an den Schnäbeln. In Paris gibt man nachts die U-Bahn-Schächte für die Penner zum Schlafen frei, so einen Winter hat Europa lange nicht erlebt. Mir fällt aus «Die letzten Tage der Menschheit» die Szene ein, in der die Kinder die Mutter um Essen anbetteln, und die Mutter verweist auf den Vater, der seit fünf Stunden unterwegs ist, um etwas zu besorgen. Schließlich kommt der Vater, und die Kinder schreien: «Vater, Brot, Brot!» Der Vater aber streckt ihnen die leeren Hände entgegen, lacht und ruft: «Kinder! Wunderbar! Rußland verhungert!» Ich habe dich nie im Winter gesehen, kenne dich nicht mit Pullovern, hochgezogenen Schultern, in dicken Mänteln. Du bist der Sommer, dieser eine Sommer, den wir hatten und in dem ich in deiner

Nähe herumstreunte, um deine braune Haut, deine weißen Hemden von weitem zu sehen.

Im Fernsehen ist eine Sendung über Glenn Gould. Weißt du noch, wir haben uns ausgemalt, daß im Himmel, falls es einen Himmel gibt, Gott zu Füßen von Glenn Gould sitzt und ihm zuhört. Falls Gott Ohren hat zu hören. Ich gehe durch Wien, als ginge ich mit dir, Alban. Hier wohnte die Bachmann, da wohnte Mozart, der nur wenig älter geworden ist als du und der nicht aufgegeben hat, vor Höflingen zu spielen. Ich muß dir etwas gestehen, Alban – schon sehr früh habe ich über dich gedacht: Charakter hat er nicht. Wer die Musik so mit leichter Hand wegwirft wie du, was ist das für ein Mensch? Du warst nie wirklich ernst, du hast nichts gelesen, du warst niemals pünktlich, du trinkst zuviel und schon zu früh am Tag – ich habe sehr bald gesehen, daß deine Anmut, deine sanfte Schönheit, deine atemberaubende Gelassenheit und Geschmeidigkeit, daß das alles vielleicht nur noch diesen einen Sommer dauern würde. Ich bin davon überzeugt, daß ich recht habe. Du wirst schnell gewöhnlich werden wie alle, aber in diesem Sommer hattest du die Aura des Unsterblichen um dich. Es ging etwas Blühendes und Mitreißendes von dir aus, und es riß mich mit – auch ich war in diesem Sommer noch ein-

test nach diesem Abendessen, fiel mir in dem Augenblick ein Ohrring hinunter, wir bückten uns gleichzeitig, stießen mit den Köpfen zusammen und lachten. Ich wollte dich nicht küssen, Alban, ich wollte dich anstarren und dich lieben, am liebsten hätte ich dich unter Glas gesetzt, damit du nicht so rasch verdirbst.

In der Kirche zur heiligen Maria von den Engeln wischte ein alter Mann den Kachelboden, als ich mit meinen drecktriefenden Stiefeln aus dem Tauwetter hereinkam. Ich zögerte an der Tür, aber er sagte: «Kommens nur, dem lieben Herrn Jesus macht das nix, der schaut eh ins Herz und nicht auf die Füß.» Ich wünschte, du wärest ein Mensch, dem ich all so etwas erzählen könnte, Alban, aber das bist du nicht. Du bist oberflächlich und flüchtig und hörst nicht zu, und es hat dir gefallen, mich zu verwirren. Als ich das merkte, hast du mich nicht mehr verwirrt. Je weiter ich innerlich Abstand von dir nahm, desto näher bist du mir gerückt. Jetzt plötzlich wolltest du mich haben, oh, mein Gott, weil du alle haben wolltest, weil alle dich haben wollten, weil es nichts anderes bedeutete als einen weiteren Sieg.

In Wien gibt es wohl keinen Zentimeter Boden, auf dem nicht schon Blut geflossen ist. Selbst in den Kirchen militärische Votivtafeln:

«Zur Erinnerung an das k. u. k. reitende Artillerieregiment und seine Toten 1850–1918», «Dem Andenken des k. u. k. Dragonerregiments Kaiser Franz No. 1 und seiner Gefallenen 1768–1918», «In treuem Gedenken an das Ulanenregiment Nr. 1 und seine Toten 1791–1918». Den Nobelpreis für Schwermut, Niederlage, Tristesse an diese Stadt Wien! Ich bin froh, hierhergereist zu sein, wie hätte ich nach diesem Sommer mit dir etwas Heiteres ertragen können.

Was tue ich den ganzen Tag? Ich spaziere durch die kalte Stadt, wärme mich ab und zu in einem Café auf, besuche Kirchen, Museen, denke nach, denke nicht nach. Einmal, im Spätsommer, hatte ich ein solches Verlangen danach, dich nur zu sehen, daß mir – es war mitten in der Innenstadt – die Tränen vor Qual in die Augen schossen, nur einen Blick auf ihn, dachte ich, nur sehen, wie er sich bewegt – und im selben Augenblick kamst du engumschlungen mit einem jungen Mädchen aus einem Modegeschäft. Ich zog dich mit den Augen in mich hinein, ich sah mich satt und gesund, nein, das junge Mädchen störte mich nicht, ich bin nicht eifersüchtig, will nichts von dir, außer daß es dich gibt, so gibt, wie du in diesem Sommer warst. Jetzt, Alban, interessierst du mich schon nicht mehr. Du warst die heftigste, die leidenschaftlichste und die kürzeste Liebe meines Lebens. Vielleicht auch die letzte, darüber denke ich nicht nach.

Bei klirrender Kälte ist der Wiener Zentralfriedhof ein großer stiller Park, durch den die Hasen huschen. Einmal im Jahr wird der Friedhof für die Angehörigen geschlossen und für die oberen Tausend zur Jagd freigegeben – dann ist es aus mit der Totenruhe, und Hasen, Fasane, wilde Katzen und Rehe werden geschossen. Ich war auf dem jüdischen Friedhof und sah an Schnitzlers Grab ein Reh stehen. Es schaute mich ernst und furchtlos an, ich hätte es gern gefüttert, aber ich hatte nur einen Arm voller verschneiter Blumen, von allen frischen Gräbern zusammengestohlen, die ich dem bringen wollte, dem sie zustehen – Schubert. Ich stand lange vor seinem Grab und sang mir und ihm alles vor, was ich noch auswendig wußte, und da hätte ich dich gern neben mir gehabt, deine Hand in meiner Manteltasche, deinen Mandelduft, deine Stimme, die mit mir singt. Ich bin romantisch, ja, aber nicht so romantisch, Alban, daß ich deine Liebesschwüre geglaubt oder auch nur gewollt hätte. Ich war entsetzt und erschrocken über deinen Ausbruch im Konzert, als du plötzlich während der Musik deine Hand auf mein Knie legtest und sagtest: «Jetzt kannst du nicht weg und jetzt hörst du mir zu. Ich liebe dich. Es ist mir egal, wer wie alt ist, ich liebe dich.»

«Unser Herrgott ist der Stärkste!» steht auf einem schwarzen, sonst völlig leeren und unverzierten Grabstein, es sieht aus, als wäre hier ein Punker begraben. Marie Anzengruber, des Dichters Mutter, liegt nicht weit davon und läßt das Geratter der Linie 71 auf der Simmeringer Hauptstraße alle zehn Minuten über sich ergehen. Der Dichterfürst selbst prangt am Hauptweg, futtersuchende Raben auf dem Marmorkopf seiner Statue.

Zwei Frauen standen vor einem Grab mit der Inschrift «Hier ruhet in Frieden Herr Anton Schreiber K.K. Verzehrungssteuerlinienoberamtsverwalter i.P. 1839–1901». «Jaja», sagte die eine, «wos is der Mensch? Goa nix.» Und die andere fügte hinzu: «Mancher meint wer weiß wasser is und hat am Ende doch auch nur a Grabstöll.»

Der Besuch auf dem Friedhof, wo alle Liebe ein Ende findet, mögen die Dichter auch das Gegenteil behaupten, hatte mich wieder aufgemuntert, und so habe ich mir abends im Burgtheater eine unsägliche Posse angesehen, in der Paula Wessely als «die Hoffnung» aus dem Bühnenboden gefahren kam und ein paar pathetische Sätze sagte, nach jedem schnell wieder ihr Gebiß festzurrend. Durch mein geliehenes Opernglas made in USSR sah ich ihr abgelebtes Gesicht, und am Ende des Stückes sangen alle «Der kleine Liebesgott treibt mit uns allen Scherz, kaum trifft er uns ins Herz, da fliegt er fort, der kleine Schelm».

Ich fange an, dich zu vergessen, Alban. Ich werde wieder fröhlich. Ich habe mich in diesem Sommer noch einmal so verliebt, wie man es eigentlich nur kann, wenn man ganz jung ist, aber ich bin nicht darauf hereingefallen. Ich habe dir nicht geglaubt. Ich bin rechtzeitig gegangen. Gerade noch.

Im Fernsehen sah ich nach Jahren wieder Fellinis «Amarcord», auch ein Film, den man erst versteht, wenn man älter wird und die Dinge eine andere Wertigkeit bekommen haben. Aurelio und Miranda, die Eltern, sitzen beim Frühstück, und Aurelio sagt: «Jedesmal wenn ich ein Ei sehe, könnte ich es stundenlang betrachten, und ich frage mich, wie die Natur etwas so Vollkommenes schaffen konnte.» Und Miranda sagt sanft: «Aber die Natur hat ja auch *Gott* gemacht, Aurelio, und nicht so ein Dummkopf wie du.»

Ich möchte mit einem Aurelio alt werden,

Alban, nicht mit einem Götterliebling wie dir. Ich möchte alt werden. Ich möchte nicht mehr jung sein mit dir, das hat dieser Sommer mich gelehrt. Und wie still Aurelio dasitzt und mit seiner Hand über das Tischtuch streicht, als Miranda tot ist... das ist Liebe, Alban, nicht dein heißer Atem. Nicht deine Tränen, deine Briefe, dein Kampf um eine Frau, zum erstenmal, du, dem doch alle Frauen zufliegen. Und diese hier, von der du spürst, daß sie dich liebt, die will nicht? Gelacht. Böse hast du ausgesehen, böse, brutal und dumm, und du konntest nicht begreifen, daß es Liebe gibt, die nicht erwidert werden darf.

Im Metropoltheater traten Künstler im Rahmen des Volksbegehrens gegen die Zersiedlung der Au und das Wasserkraftwerk bei Hainburg auf. Die Aubesetzer kamen, die sogar in diesem eisigen Winter draußen ausgeharrt hatten, und sie kamen ins überheizte Theater mit ihren Parkas, peruanischen Pullovern mit Tiermotiven und Ohrenklappen, gefeiert als die letzten Helden mit Jutetaschen und Zipfelmützen, Vollbärten und weisem Lächeln. Sie tranken aus jedermanns Gläsern und ließen sich verehren. Ich habe sie um ihr Engagement beneidet. Ich kann mich außer über mich selbst über nichts mehr wirklich aufregen.

In der Neuen Galerie in der Stallburg hängen an rissigen Wänden in verwahrloster Umgebung Wiens schönste Bilder – stille braune Landschaften von Caspar David Friedrich, in die ich klein hineinspazieren möchte, um in der Ferne zu verschwinden, eine präraffaelitische Medea von Anselm Feuerbach und zwei Selbstbildnisse von ihm – das eine zeigt einen mürrischen Hitzkopf mit einer Warze an der linken Wange, das andere einen schönen Künstler mit Zwirbelbart, glimmender Zigarette und vorteilhaft von rechts gemalt, ohne Warze. Beide Bilder hängen widersinnig weit auseinander, man kann sie nicht recht vergleichen, was doch gerade das Vergnügen daran wäre. Hier hängen von Max Slevogt Szenen wie aus Dramen von Schnitzler, hier hängt van Goghs Selbstbildnis mit den stechenden Augen und das grüngrüne Bild mit den roten Mohntupfern, die «Ebene bei Auvers», und hier hängt der Segantini, nach dem ich so lange gesucht habe: «Die bösen Mütter». Eine weite Hochebene, Schnee, dunkelblaue Schattenberge, ein paar Gipfel in der Sonne. Auf dem Schneefeld ein Baum, der sich im Wind biegt, man sieht förmlich, wie kalt der Wind ist, und eine Frau mit nackter Brust verfängt sich mit einem Schleier aus Haaren in den Ästen, ein Kind liegt ihr an der Brust, sie hält es aber nicht.

– Das ist ein Thema aus einer buddhistischen Legende: Kindsmörderinnen müssen, über Schneefeldern schwebend, ihre toten Kinder säugen.

Das Bild tat mir weh, und an diesem Abend habe ich mich mit einem Maler eingelassen, den ich im Hawelka kennenlernte, er hieß Edmond und sprach unentwegt von seinen verschiedenen Schaffensperioden. Die Bilder, die er mir in seinem Atelier zeigte, gefielen mir nicht, aber Edmond hatte schöne Hände, und ich blieb zwei Tage und zwei Nächte bei ihm – jetzt wüßte ich nicht einmal mehr die Adresse, den Nachnamen habe ich ohnehin nie erfragt.

Du wolltest, daß ich bei dir bliebe an dem Abend nach dem Konzert. Was hast du dir dabei gedacht, Alban? Eine Eroberung zu machen? Einen Sieg zu erringen? War ich mit vierundzwanzig auch so sorglos und so von mir überzeugt? Ja, wahrscheinlich. Aber Liebe, Alban, fliegt im Bett davon, das wirst du noch merken. Ich will dich nicht haben. Ich will dich nicht einmal mehr sehen. Du sollst schön bleiben für mich.

Wenn man sich im Schneeregen über die Wollzeile bis zum Alten Rathaus durchgekämpft hat, findet man in der Wipplingerstraße, Stiege III, das Museum des österreichischen Freiheitskampfes. Für eine kleine, erschütternde Ausstellung wurden liebevoll Exponate aus Österreichs Widerstand gegen den Faschismus zusammengetragen. Flugblätter, illegale Druckpressen, in Toilettenschränkchen eingebaut, Aufkleber, Plakate, Zeitungen, Photos – und die grausigen Dokumente aus dem KZ Mauthausen: winzige Handarbeiten von Frauen, Büchlein in Herzchenform mit gestickten Sprüchen von Friedrich Engels: «Freiheit ist Einsicht in die Notwendigkeit»; Schachfiguren aus Brot, Ringe aus Zwirn, geheime Glückwunschkarten für Lagerinsassen, die Geburtstag hatten. Alban, wir sind ein kleiner Teil der Welt, du und ich, eingebettet in Geschichte, und unsere Geschichte ist die lächerlichste von allen.

An den Wänden zeigten Photos Österreichs berühmte Exilanten – Fritz Kortner, Fred Zinnemann, Max Reinhardt, Otto Preminger, Joseph Roth, Stefan Zweig, Lotte Lehmann, Richard Tauber, Oskar Kokoschka, Musil, Werfel, Schönberg, Horváth, Popper, Canetti, Bruno Walter – es nimmt kein Ende, und wäre dir der Brief an einen Standortpfarrer in Wien I aufgefallen, Alban? Morgen früh, 7. 2. 45 um 4.30 Uhr, werde er abgeholt, es fänden neun Exekutionen statt, für die man anderthalb Stunden Zeit hätte. Falls er es allein nicht schaffe, könne Hochwürden Wimmer bei den letzten Tröstungen helfen.

Der 7. 2. ist dein Geburtstag, Alban, aber genau zwanzig Jahre später. In deinem Leben gab es keinen Krieg und keine Lager, keinen Hunger und keine Verfolgung. Du bist bei reichen Eltern aufgewachsen, der umschwärmte, hochbegabte Liebling, dem alles gelang, der alles bekam und alles wegwarf mit leichter Hand. Hier, in diesem Museum, wandelte sich meine Liebe zu dir in Abscheu, fast in Ekel, ohne daß du etwas dazukonntest – mein Widerwillen gegen dich ist so irrational und unbegründbar, wie meine Zuneigung zu dir es war. Es ist alles mein Problem, Alban, nicht deins. Schon hast du mit der Geschichte nichts mehr zu tun.

Ich war nicht der einzige Besucher in diesem kleinen Schreckens- und Überlebenskabinett. Gerade als ich gehen wollte, kam ein Herr im Pelz und fragte die Kassiererin: «Es soll doch Lampen aus Judenhaut gegeben haben, haben Sie so etwas auch?» Warst du mal in Wien, Alban? Geh in die Domgasse 5, wo Mozart gewohnt und den «Figaro» geschrieben hat. Geh durch den Hinterhof, die arme Treppe hoch, durchs kalte, nasse Treppenhaus in den ersten Stock. Ich weiß nicht, wie du wohnst, aber ich stelle es mir lichtdurchflutet, großzügig und elegant vor, dein Flügel steht wahrscheinlich mitten im Zimmer, und deine teuren Hemden werden auf dem Boden liegen. Ich wäre gern mal in deiner Wohnung gewesen, aber ohne dich.

Mozart bewohnte mit seiner Familie ein paar kleine, dunkle ineinandergehende Räume mit Holzdielen. Zwei Münzen werden ausgestellt: sie müssen ihm gehört haben, man hat sie zwischen den Dielenbrettern gefunden. Hätte er sich lieber Brot dafür gekauft! An der Wand hängt ein Blatt, Noten und Mozarts zarte feine Schrift dazu: «Dies Bildnis ist bezaubernd schön, wie noch kein Auge je gesehn, ich fühl es, ich fühl es, wie dies Götterbild mein Herz mit neuer Regung füllt.»

Unsere Geschichte verfolgt mich, Alban. Dieser Text, ausgerechnet, du Götterbild, das ich angestaunt habe. Aber ich habe keine Lust, durch Feuer und Wasser für dich zu gehen, Prüfungen für dich zu bestehen, ich will nur das Bildnis, ich will nicht den Gott dazu, die Götter sind so wenig dauerhaft, und die Königin der Nacht bin ich selbst.

Im Mai 1917 erhob sich Leo Bronstein in der Herrengasse von seinem Schachbrett, um als Trotzki die Russische Revolution zu organisieren. Es ist nicht mehr das alte Café Central, aber es ist noch immer schön mit seiner hohen hellen

Lichtkuppel, unter der allerdings die falschen Leute sitzen und nicht mehr Peter Altenberg, der die Frauen so liebte. Am Nebentisch saß ein junges Paar, und als ich ging, sagte er gerade verzagt zu ihr: «Aber warum denn?», und sie antwortete: «Du bist mir einfach zu langweilig.»

Am Abend bin ich in die Oper gegangen und habe mir ein Ballettgastspiel angesehen, ich, die für Ballett gar nichts übrig hat, aber weißt du, was mich interessierte? Rudolf Nurejew. Als ich ihn vor vielen Jahren – ich war selbst noch jung – das erste Mal sah, war es ein ähnlicher Eindruck wie bei dir, nicht ganz so stark, denn ich sah nur Photos von ihm, du warst leibhaftig: dieses wilde Gesicht, die hellen Augen, der sinnliche Mund, der kräftige, schöne Körper – ich war sehr erregt und heftig verliebt in Nurejew, und nun waren wir beide alt geworden, und er tanzte auf dieser meiner Winterreise, am 27. Januar, an Mozarts Geburtstag. Ich hatte einen guten Platz, und mein Herz zog sich traurig zusammen, als ich sah, wie er sich quälte, wie die Leichtigkeit dahin war, wie angestrengt er tanzte. Sein Haar lichtet sich am Hinterkopf. sein Gesicht ist noch wild, aber der Anblick eines herumspringenden siebenundvierzigjährigen Mannes in Strumpfhosen ist geradezu lächerlich. Und doch strahlt er immer noch Würde und Grazie aus, ich verstehe noch nach all diesen Jahren, daß ich so verliebt in ihn war – bei dir verstehe ich es nach drei, vier Monaten schon nicht mehr und frage mich: was war da? Und warum? Macht mich denn bloße Schönheit so krank? In den Straßen kommen mir unablässig Schicksale entgegen, und sie sind alle häßlich: zu dicke junge Mädchen, bittere Frauen, verlorene Männer, Menschen mit verkrüppelten Füßen und schweren Brillen. Ja, Schönheit macht mich lebenskrank, sehnsuchtskrank. Für Schönheit opfere ich Erfahrung und Verstand.

Vier Wochen war ich in Wien, und in der vierten Woche bin ich mit der U1 durch eine Betonröhre über die Donau hinweggedonnert und beim verlassenen Arbeiterstrandbad spazierengegangen. Bretterbuden, verfallene Gartenhäuschen, das ist die Gegend, in der man unentdeckt morden und sterben kann, und ich wollte jetzt nur noch einen einzigen Besuch in Wien machen, ehe ich zurückfuhr in meine Stadt, die auch deine Stadt ist.

Ich bin in die Kettenbrückengasse gefahren – eine Handwerkerstraße mit kleinen Läden, niedrigen dunklen Häusern, feuchten Wänden. Am Haus Nr. 6 hängt ein handbeschriebenes Stück Pappe: Schubert, 2. Stock. Als wohne er noch immer dort. Im zweiten Stock steht an einer Tür: Sterbezimmer. Schubert. Als ich klingele, es ist schon gegen 16 Uhr, dunkel, totenstill, tut sich lange nichts. Dann öffnet mir eine müde Frau mit nur einem Arm. Sie ißt ein Butterbrot und packt es hastig weg, als ich komme. Sie macht Licht, schließt die Tür und kassiert ein kleines Eintrittsgeld. «Schauns nur», sagt sie, «Sie sind die erste seit vierzehn Tag!» Drei winzig kleine Räume, ein paar Stiche an den Wänden, Vitrinen mit Noten. Eine Tafel erklärt, daß Franz Schubert hier am 1. September 1828 einzog, zu seinem Bruder Ferdinand, als «Trockenwohner» – die Wohnung hatte kein Wasser, das reduzierte die Miete. Hier schrieb er die «Winterreise», hier starb er im November 1828, nur 31 Jahre alt, Alban, nur wenige Jahre älter als du. Verzeih, wenn ich das immer wieder denken muß, ich denke nicht, daß es mangelnde Radikalität ist, daß du noch lebst. Lebe nur. Werde alt und banal wie wir alle, deinen Göttersommer hast du gehabt. Dieser hier nicht. Nichts hat er gehabt, nur seine Musik. «Lieber Franz, ich bin krank», schreibt er an Franz von Schober, seinen einzigen Freund, am 12. November. Der Brief hängt hier. Sieben Tage später war Schubert tot, und auf seinen Grabstein haben ihm die verlogenen Wiener geschrieben: «Die Tonkunst begrub hier einen reichen Besitz, aber noch viel schönere Hoffnungen.» Jaja, Hoffnungen. Der Währinger Friedhof ist aufgelassen, es gibt kein Schubertgrab mehr, auf dem Zentralfriedhof, wo meine gestohlenen Blumen welken, ist nur eine Gedächtnisstätte. Ich dachte an Raffaels Grab in Rom, auf dem in lateinischer Sprache steht: «Hier ruht jener Raffael, auf den die Natur, als er noch lebte, eifersüchtig war. Nun, da er tot ist, weint sie um ihn.»

Die Götterjünglinge, die schön sind durch ihr Talent, durch eine Flamme, die in ihnen brennt. Du bist nur schön, Alban. Wer weint um dich?

Die Hüterin des Sterbezimmers seufzt und schaut aus dem Fenster in den Regen. «Schubert», sagt sie, «ausgerechnet Schubert, den ich gar nicht mag, mein Gott heißt Beethoven. Und wo sitz ich? Beim Schubert, tagaus, tagein.»

Ich gehe zu Fuß in meine seltsame Wohnung zurück, durch Schuberts Gasse mit dem Geschäft für Pferdemark, dem Tierpräparator mit seinen schaurigen Exponaten, dem Fleischselcher, dem Spezialhaus für Karniesen, was immer das sein mag. Hier gibt es den Fortissimo-Musikverlag, den Strick-Shop und den Südfrucht-Discount. Weiter unten, an der Wien, ein Haus in leuchtendem Rosa mit der Graffiti-Inschrift: «Erstes Wiener Schwulen- und Lesbenhaus». Ach, Schubert. Schreib im Vorübergehen ans

Tor dir gute Nacht/ damit du mögest sehen: An dich hab ich gedacht. An dich hab ich gedacht.

Félix Nadar hat 1861 Pariser Katakomben photographiert – die ersten Photos bei künstlichem Licht, 25 Jahre vor der eigentlichen Erfindung der Photographie. Man konnte diese Bilder sehen, als ich in Wien war. Sie zeigen zum Teil Abwasserkanäle unter Paris, aber in der Mehrzahl schreckliche Gebilde aus Knochen und Schädeln – die ausgelagerten Gebeine früherer Friedhöfe, die Toten aus Gefängnissen, Kriegen und Revolutionen, zu Mauern getürmt oder zu grausigen Ornamenten geformt. Nadar hat Puppen in die Bilder gestellt und «arbeiten» lassen, einmal, um Menschengröße im Verhältnis zu diesen riesigen Knochenbergen zu zeigen, und zum andern Puppen deshalb, weil kein Mensch diesen Anblick ertragen hätte, und weil auch niemand zwanzig Minuten notwendige Belichtungszeit still hätte aushalten können – das können nur die Toten. «Mein Leben ist zerronnen wie das Wasser und alle meine Knochen sind zerstreut», stand unter einem der sepiabraunen Bilder.

Ich fahre getröstet zurück nach Hause. Alban, du erreichst mich nicht mehr, du schönes Kind unter all diesen Toten. Du bist unglücklich, du sagst, daß du mich liebst. Ich habe mit vierundzwanzig Jahren auch solche Dinge gesagt. Man vergißt sie. Die Liebe dauert immer nur einen Augenblick.

Der Hund wird erschossen

Wir hatten ein kleines Haus am Stadtrand, in den fünfziger Jahren mühsam hochgezogen und von meinem Vater und seinen Brüdern in Wochenendbasteleien dauernd weiter ausgebaut. Es war an allen Ecken und Enden zu klein, denn wir waren fünf Leute, und wenn einer in dem winzigen Bad war, mußten die andern vier warten, was besonders morgens, wenn mein Vater zur Arbeit und meine Schwestern und ich zur Schule mußten, erbitterte Kämpfe und Geschrei gab. Es paßten nicht zwei zugleich in dieses enge Badezimmer, in dem auch die Toilette war, und wenn man sich am Waschbecken einigermaßen temperamentvoll wusch, donnerte das Toilettenschränkchen von der Wand. Zum Duschen und Baden mußte man erst umständlich den großen Boiler heizen, das geschah nur an den Wochenenden, und oft mußte ich auch noch in Traudels Badewasser steigen, wenn sie fertig war – es wurde nur ein bißchen heißes Wasser nachgelassen. «Stell dich nicht so an», hieß es, «guck doch, ist noch gar nicht schmutzig, das wäre doch die reinste Verschwendung.» In Bellas Wasser wäre ich nie gegangen, Bella und ich haben uns nicht eine einzige Stunde in unserem Leben verstanden, ich glaube, niemand versteht sie. Traudel mochte sie auch nicht leiden, und sogar unsere etwas einfältige Mutter, die immer sagte: «Eine Mutter liebt alle ihre Kinder gleich», sah Bella manchmal nachdenklich an und dachte: Auf wen kommt sie nur? Ich fand, daß sie ganz auf unsere Tante Hedwig kam, eine abweisend kalte, hochmütige Frau, aber Mutter ließ auf Tante Hedwig nichts kommen und sagte immer nur: «Sie hat viel durchgemacht, das versteht ihr nicht.»

Nun, Bella hatte nicht viel durchgemacht, wenigstens nicht mehr als Traudel und ich auch in dieser Familie. Aber wir schlossen uns nicht in unserem Zimmer ein, wir schwiegen nicht bei Tisch, wir aßen unsere Weihnachtsteller schon am Heiligen Abend leer, stibitzten uns gegenseitig die leckersten Brocken weg und teilten am Ende redlich, wenn eine noch mehr hatte als die andere. Bella dagegen schloß ihren Teller in ihrem Kleiderschrank ein, verriegelte ihre Zimmertür, und es konnte vorkommen, daß sie Mitte März mit Marzipankartoffeln im Wohnzimmer erschien und schweigend und aufreizend langsam davon aß, während sie in einem Buch las, das sie in Zeitungspapier eingeschlagen hatte, damit wir den Titel nicht sehen konnten. Traudel und ich sahen ihr zu, und das Wasser lief uns im Mund zusammen, aber Bella hätte sich eher die Hand abgehackt, als uns auch nur ein Stückchen Marzipan abzugeben. Wir rächten uns auf unsere Weise, indem wir ihr manchmal in die Suppe spuckten, wenn sie gerade nicht hinsah, oder ihre Post zerrissen, wenn wir früher von der Schule nach Hause kamen als sie und irgendein Brief von irgendeiner ihrer Brieffreundinnen dalag. Bella hatte Brieffreundschaften in aller Welt, durch eine Jugendzeitschrift vermittelt. Am Ort hatte sie als Kind keine Freunde, wer sie kannte, konnte nicht mit ihr befreundet sein.

Bella war die Älteste von uns dreien, und, um auch mal etwas Gutes über sie zu sagen, die Klügste und die Schönste. Sie war gut in der Schule, im Gegensatz zu Traudel und mir, sie hatte Mutters fabelhaftes Haar geerbt, dicht und braun, während Traudel und ich uns mit Vaters blonden Flusen herumschlugen. Sie hatte ja auch als einzige von uns einen schönen Namen – Isabella. Wir hießen Gertraud und Huberta, ich wurde Berti genannt, was zu unendlichen Hänseleien in der Schule führte, und Gertraud hieß so nach unserer gemeinsamen Patentante, Vaters dummer Schwester. Traudel war nur ein Jahr jünger als Bella, sie war ein bißchen pummelig und so naiv wie unsere Mutter, und sie brach bei jeder Gelegenheit in Tränen aus. Traudel liebte Tiere, ihretwegen war der Hund angeschafft worden, Molli, der eine Hütte im Garten hatte und uns alle durch sein ewiges Winseln und Kläffen fast um den Verstand brachte, wenn er an der Kette lag. Machte man ihn los, war sofort Ruhe, aber dann freute er sich so und sprang und raste in Haus und Garten herum, daß er Blumen zertrampelte, Tische umwarf, mit seinen Dreckspfoten unsere Mutter zur Verzweiflung brachte und uns alle dauernd mit seiner heißen nassen Zunge ableckte und wir aus dem PFUI-Schreien gar nicht mehr herauskamen. Unsere Mutter pusselte den ganzen Tag im Haus herum, räumte auf, putzte, polierte, und trotzdem sah es immer irgendwie unordentlich aus. Es war einfach zu eng, und sie hatte auch nur wenig Geschick und gar keinen Geschmack, und nichts paßte zusammen. Ihre selbstgenähten Kissenbezüge waren zu groß für die Sofakissen und warfen klumpige Falten, ihre Tischdecken zippelten, sie hatte die Gabe, den Ständer mit den Zeitungen so hinzustellen, daß erst mal jeder stolperte, der ins Wohnzimmer kam, und alles, was sie kochte, schmeckte gleich: ob es Möhren waren oder Kohlrabi, Sauerkraut mit Würstchen oder Gulasch mit Nudeln – alles wurde um zehn Uhr dreißig aufgesetzt, damit es bis ein Uhr, wenn wir ungefähr aus der Schule kamen, gar war, und alles war eine farb- und salzlose Pampe. Wir Kinder mühten uns, wann immer wir konnten, bei Freunden essen zu dürfen, oder wir kauften uns auf dem Heimweg gegen den schlimmsten Hunger schon mal ein Puddingteilchen. Niemand mußte hungern zu Hause, es gab reichlich, aber, wie gesagt, es schmeckte alles nicht. Sonntags kochte manchmal unser Vater, dann sah die Sache schon ganz anders aus. Er machte zwar eine Riesensauerei in der Küche, spritzte alles voll Fett und brachte es fertig, sämtliche Töpfe für einen einfachen Eintopf zu benutzen, weil er alles extra andünstete und anbriet und vor- und nachkochte und was weiß ich, aber es schmeckte, und es war so scharf gewürzt, daß sogar wir Kinder Bier zum Essen trinken durften, anders kriegte man das gar nicht runter, und meine Mutter jammerte und sagte: «Paul, das war das letzte Mal, daß ich dich in meine Küche gelassen habe, wenn ich so wirtschaften würde wie du, kämen wir ins Armenhaus.»

Ich weiß nicht, ob die Ehe meiner Eltern gut war. Als Kind denkt man über so etwas nicht nach, man kennt ja nichts anderes, man meint, so ist es eben und so muß es sein, das sind eben Eltern – erwachsen, langweilig, immer beschäftigt, unzufrieden. Ich habe nie gesehen, daß sie sich umarmt oder geküßt hätten, nur einmal gingen sie Arm in Arm, und das ist die Geschichte, die ich erzählen will.

Streit gab es zu Hause eigentlich immer nur meinetwegen. Berti ist so schwierig, Berti ist so frech, ich werde mit Berti nicht mehr fertig, die Lehrer haben sich schon wieder über Berti beschwert, Berti ist unordentlich, Berti macht keine Schularbeiten, Berti treibt sich mit Jungens herum, Berti raucht heimlich das waren so ungefähr die ständigen Klagen meiner Mutter, und sie seufzte, wann immer sie mich bloß sah und auch, wenn ich gar nichts angestellt hatte: «Ach, Berti, Berti, was soll aus dir nur werden.» Manchmal, wenn sie fand, ich hätte etwas besonders Furchtbares angestellt – etwa ein paar kräftige Schnürschuhe, wie wir sie immer anziehen mußten, gegen ein paar schneeweiße Mokassins in der Schule getauscht –, rief sie: «Warte, wenn Vater kommt, dann setzt es was!» Und wenn unser Vater dann abends müde den Weg vom Bus zum Haus hochgeschlurft kam, lief sie ihm schon entgegen und rief: «Paul, du mußt mit Berti reden, und nicht nur reden, du weißt schon, was ich meine, ICH jedenfalls werde mit dem Kind nicht mehr fertig.» Dann zwinkerte mir mein Vater zu und sagte: «Nach dem Essen bist du dran, Huberta», aber ich hatte keine Angst vor solchen Drohungen, ich kannte ihn ja. Die kleinen, schnellen, boshaft aus dem Hinterhalt verteilten Ohrfeigen meiner Mutter, die fürchtete ich, aber den Strafpredigten meines Vaters sah ich eher gelassen entgegen. Nach dem Essen stieg er in den Keller hinunter, bastelte ein bißchen herum, und wenn meine Mutter von oben rief: «Paul, vergiß nicht, was ich dir gesagt habe!», dann schrie er: «Berti, komm mal runter zu mir, aber SOFORT!» Traudel fing dann immer an zu weinen, sagte: «Au weia, jetzt haut er dich» und wollte tapfer mitgehen, aber ich klopfte ihr auf die Schulter, sagte: «Laß nur, in dieser Familie habe ich schon so viel überlebt, ich schaff auch das noch» und stieg die Kellertreppe hinunter. Meine Mutter riß hinter mir die Kellertür wieder auf und schrie: «Schon für diese Bemerkung hättest du noch eine verdient!» und lehnte die Tür nur an, um zu lauschen. Unten stand mein Vater und versuchte, streng auszusehen. «Huberta», fing er an, und dann schrie und tobte er, so könne das mit mir nicht weitergehen, ich würde meine arme Mutter noch ins Grab bringen, was eigentlich in mich gefahren sei, ob ich in der Gosse landen wolle und so weiter, lauter solchen Unsinn, an den er selbst nicht glaubte, und dann flüsterte er: «Herrgott, nun heul doch ein bißchen», klatschte mit einem Stock auf einen Kartoffelsack, und ich schrie wie am Spieß, damit Mutter oben zufrieden war.

Am Ende waren wir beide ganz erschöpft, und er sagte: «Berti, reg deine Mutter nicht immer so auf, verdammt, und laß vor allem die Raucherei sein», und ich sagte: «Ist gut, Papa», und der Fall war erledigt. Wenn ich hochkam, stand meine Mutter zufrieden lächelnd am Herd, rührte in einer ihrer Pampen und sagte: «Das wird dir eine Lehre sein», und Traudel wischte sich die Tränen ab und flüsterte: «War's schlimm?» Ich nickte, weil sie mir dann meist ihren Nachtisch abgab oder mir mein Fahrrad putzte, damit es wieder Licht werde in meinem Herzen. Ach, meine liebe dumme Traudel, heute lebt sie in Kanada, hat einen Farmer geheiratet, fünf Kinder bekommen und ist auf Photos unermeßlich fett. Aber wer weiß, vielleicht ist sie glücklich, obwohl wir drei Mädchen zum Glücklichsein eigentlich kein rechtes Talent haben.

Eines Abends – wir lagen schon in den Betten – hörten wir unten im Wohnzimmer einen Riesenkrach. Die Eltern stritten sich, lauter und heftiger als je zuvor. Traudel und ich hatten ein gemeinsames Zimmer mit Doppelstockbetten. Ich schlief oben, und als ich runtersprang, um mein Ohr auf den Fußboden zu legen, wurde Traudel auch wach und fing gleich an zu heulen.

«Was ist los?» flüsterte sie, und ich sagte: «Ich glaube, sie lassen sich scheiden.» In meiner Klasse war ein Mädchen, dessen Eltern sich gerade scheiden ließen, und sie erzählte jeden Tag neue unglaubliche Geschichten darüber, was zu Hause alles los war, wie die Ehebetten durchgesägt wurden, wie die Eltern um jedes Möbelstück feilschten und wie der Vater sein Essen nicht mehr in den gemeinsamen Kühlschrank stellen durfte, sondern den Käse und die Wurst, die er aß, in einem Säckchen zum Fenster hinaushängen mußte. Ich hätte eine Scheidung gern erlebt, zumal dann im Haus auch mehr Platz gewesen wäre – ich stellte mir vor, daß Mutter und Bella auszogen und Traudel und ich mit Vater und Molli allein blieben.

Wir schlüpften auf den Flur und setzten uns auf die oberste Treppenstufe, von wo aus man alles gut hören konnte. Sogar Bella kam aus ihrem Zimmer, in einem geblümten Bademantel, den ich noch nie an ihr gesehen hatte. Sie sparte immer heimlich das Geld, das unsere Tanten und Großmütter uns schenkten, und kaufte sich wer weiß wo Dinge, die sonst in unserm Haus nicht getragen wurden – Seidenblusen, Lackschuhe oder eben diesen geblümten Morgenmantel. Traudel und ich schmissen unser Geld so raus, wie es reinkam – für Puddingteilchen und Malzbonbons, *Fix-und-Foxi-Hefte*, Kino, Zigaretten. Bella stand in der offenen Tür und sagte: «Was ist denn da los?»

Von unten hörten wir unsere Eltern streiten. «Ich bin es leid», schrie Mutter, «ich kann machen, was ich will, wir kommen auf keinen grünen Zweig, und nun muß ich mir auch noch vorwerfen lassen, ich wäre schuld daran.» Dann sagte mein Vater irgend etwas, das ich nicht verstand, und dann schrie sie wieder, und natürlich fiel sehr häufig mein Name. Traudel saß mit schreckgeweiteten Augen da, die Tränen tropften ihr auf die nackten Füße. Bella lehnte unbeweglich an der Wand, mit verschränkten Armen, und ich sah, daß sie sich irgendeine fette Creme ins Gesicht geschmiert hatte. Wir nahmen alle immer nur Nivea, aber Bella hatte ein – natürlich abschließbares – Kästchen mit Tuben und Döschen für die Schönheit, sie war sehr eitel. Vielleicht wäre ich auch eitel gewesen, wenn ich so schön gewesen wäre wie sie, aber vielleicht hätte ich dann auch soviel Pech mit den immer falschen Männern gehabt. Bella wird gerade zum viertenmal geschieden, dabei ist dieser Mann der geduldigste, den sie je hatte, aber er kann sie wohl auch nicht mehr ertragen. Ich frage mich nur, warum sie immer wieder jemanden findet, der sie heiratet? Mit ihrem dritten Mann, Kurt, hatte sie sich eine große Eigentumswohnung im schönsten Teil der Stadt gekauft, und als sie merkten, daß sie nicht mehr miteinander leben wollten und konnten, sich aber der teuren Wohnung und der ganzen Abzahlungen wegen auch nicht trennen konnten und die Wohnung nicht aufgeben wollten, haben sie sich einen Maurer geholt und quer durch die Wohnung eine Mauer ziehen lassen. Die Küche wurde glatt halbiert, die Mauer ging durch den Flur, Kurt bekam das Wohnzimmer, Bella das Schlafzimmer, aus dem dritten Zimmer machte sich Kurt ein Bad, denn das alte Bad war auf Bellas Seite, und im Treppenhaus wurde eine zweite Eingangstür durchgebrochen. Unten in der Küchenmauer war ein kleines viereckiges Loch für die gemeinsame Katze gelassen worden, die durch die geteilte Wohnung hin- und herging, und durch dieses Loch schoben sich Kurt und Bella auch gegenseitig verirrte Post, kleine Mitteilungen oder die Autoschlüssel zu, und manchmal lagen sie, jeder auf seiner Seite, vor dem Loch und brüllten sich an. Ich hatte damals gerade einen amerikanischen Freund, der für die *New York Times* über den Fall der Mauer in Deutschland schreiben sollte, und ich sagte zu ihm: «Jack, ich zeige dir was, so was hast du noch nie gesehen, darüber kannst du schreiben», und ich überwand meine Abneigung und besuchte Bella, zusammen mit Jack, und er konnte nicht genug staunen. «The Germans need their wall», schrieb er später in seiner Zeitung, und wenn sie sie im Land schon nicht mehr haben dürften, dann wenigstens in ihren Herzen und in ihren Wohnungen.

Unten flog inzwischen Geschirr, es klirrte, und dann sagte meine Mutter plötzlich ganz ruhig: «So. Nun ist es genug, Paul. Das muß ich nicht mehr mitmachen. Ich gehe, und dann kannst du ja zusehen, wie du mit diesem ganzen Schlamassel fertig wirst.» Und mein Vater antwortete: «Gut, wenn es das ist, was du willst, dann lassen wir uns eben scheiden. Bitte sehr, fertig, aus.»

Dann knallte die Haustür, und kurz darauf kam meine Mutter laut heulend aus dem Wohnzimmer. Wir zogen uns schnell in unsere Zimmer zurück und hörten, wie im Schlafzimmer Schränke aufgerissen und wieder zugeschlagen wurden. Eine halbe Stunde später verließ unsere Mutter mit einem Koffer in der Hand und unter dem infernalischen Gebell von Molli das Haus und ging zur Bushaltestelle, obwohl doch in der Nacht dort gar kein Bus mehr abfuhr. Vater kam zurück nach Hause, polterte durch den Flur, schrie den Hund an, schloß das Haus ab, löschte die Lichter und ging ins Bett. Draußen fuhren ab und zu Autos, und ich dachte, daß unsere Mutter wohl per Anhalter wegfahren würde. Donnerwetter, soviel Courage hätte ich ihr niemals zugetraut. Am nächsten Morgen machte uns Vater das Frühstück und pfiff dabei grimmig vor sich hin. «Eure Mutter hat es vorgezogen, uns zu verlassen», sagte er. «Wir lassen uns scheiden, aber ihr müßt euch darüber nicht aufregen.»

«Was wird aus uns?» fragte ich. «Berti», sagte er und preßte genügend Wichtigkeit in seine Stimme, «die meisten Kräche gab es immer deinetwegen, nicht daß ich dir einen Vorwurf mache, aber deine Mutter wird mit dir nicht fertig, und ich kann mich nicht genug um dich kümmern, wenn ich im Büro bin. Du kommst bis zum Abitur in ein schönes Internat und darfst jedes Wochenende heimkommen – du kannst dir aussuchen, ob du zu Mutter oder zu mir kommst. Ich werde mit Traudel hierbleiben, und Mutter zieht mit Bella zu Tante Hedwig.»

Bella machte ein hochmütiges Gesicht und

sagte: «Noch zwei Jahre, dann gehe ich sowieso ganz von euch weg», und Traudel fragte: «Was wird mit Molli?» – «Der Hund», sagte unser Vater, «wird erschossen, das hat keinen Sinn, daß er den halben Tag allein an der Kette liegt, du bist in der Schule, ich bin im Büro, wer soll sich denn um das arme Vieh kümmern. Und wenn er stundenlang kläfft, hauen ihm die Nachbarn sowieso noch mal einen Knüppel auf den Kopf, da mach ich das schon lieber selbst.» Traudel legte den Kopf auf den Tisch und heulte los. Die Haare hingen ihr in den Kakao, und Bella stand angewidert auf und sagte: «Wenn ich diese Familie nicht mehr sehen muß, mach ich drei Kreuze.» Draußen hupte jemand, denn sie hatte einen Freund mit Auto, der sie morgens zur Schule abholte. Ich werde nie verstehen, was die Männer an Bella finden, es sei denn, sie lieben ihr schönes Haar.

Unsere Mutter blieb verschwunden. Sie rief nicht an, sie kam nicht zurück, und wenn wir unsern Vater fragten: «Wo ist Mama denn eigentlich?», sagte er: «Was weiß ich, bei den andern Hexen auf dem Blocksberg», und das brachte Traudel völlig aus der Fassung. Zu Hause lief alles relativ normal weiter. Ich kam nicht ins Internat, Molli kläffte wie eh und je, raste im Haus herum, sobald wir aus der Schule kamen, und zerriß Zeitungen und Schuhe. Traudel ließ ihn, wenn Vater da war, nicht aus den Augen. Wir waren tagsüber allein, schmierten uns mittags Brote oder machten uns Spiegeleier, und abends kam unser Vater aus dem Büro nach Hause, schon immer ein, zwei Busse früher als sonst, und dann wurde stundenlang gekocht. Die Küche sah wie ein Schweinestall aus, aber es gab Hähnchen in Curry und Chili con carne und solche Sachen, die unsere Mutter nicht mal mit der Zange angerührt, geschweige denn gekocht hätte. Es schmeckte phantastisch, wir saßen bis zehn Uhr am Abendbrottisch, ich durfte an Vaters Zigarette ziehen, und sogar Bella saß manchmal bei uns und ging dann in die Küche, um doch tatsächlich abzuwaschen, unsere Prinzessin mit den Marmorhänden. Traudel trocknete ab, sie konnte sich Bella ganz gut unterordnen, und ich hielt mich an Vater, wir legten Patiencen, und ich fragte: «Papa, was wird denn nun, ich will nicht ins Internat, und Traudel heult sich tot, wenn du den Hund erschießt.» – «Abwarten», sagte er, «vielleicht kommt deine Mutter ja noch zur Vernunft.»

«Hast du eine Freundin?» fragte ich ihn, und er rief: «Wie kommst du denn darauf?» und wurde ein bißchen rot und verlegen. Heute denke ich, daß ich es wohl so ziemlich getroffen hatte mit dieser Vermutung, aber damals dachte ich nicht weiter darüber nach. Viel später, an dem Tag, als mein Vater pensioniert wurde, lernte ich eine Frau aus seinem Betrieb kennen, die ihn mit einem so merkwürdig hungrigen Ausdruck im Gesicht ansah, und er blickte auch zu ihr öfter und anders als zu den übrigen Kollegen hin, und da wußte ich, daß ich damals recht gehabt hatte, und war stolz auf meinen Vater, in den sich andere Frauen verliebten. Mutter war an diesem Abend nicht mitgegangen, sie lag mit einer schweren Grippe im Bett, und Bella war schon verheiratet, aber Traudel und ich hatten uns so nett wie möglich angezogen und waren mit unserm Vater, der inzwischen fünfundsechzig Jahre alt und klein und grau geworden war, auf sein großes Fest gegangen. Dreißig Jahre in derselben Firma, und mit ihm zusammen wurde noch ein Buchhalter pensioniert, der sich sehr um die Firma verdient gemacht hatte, also ließ man es sich etwas kosten, und im Festsaal des Hotels Ritter wurde ein Riesenbüfett mit Hummer, Lachs und wundervollen Salaten aufgebaut. Traudel und ich schielten dauernd hin, aber vor dem Essen wurden endlose Reden gehalten. Die Verdienste des Buchhalters wurden gewürdigt, auf unsern Vater wurde ein Loblied gesungen, und neben ihm stand die Kollegin mit den hungrigen Augen und stieß dauernd mit Sekt an, lehnte sich an ihn, und einmal legte unser Vater ihr den Arm um die Taille und sah dabei etwas furchtsam zu uns herüber. Traudel bemerkte das gar nicht, weil sie nur aufs Büfett schielte, aber ich zwinkerte ihm aufmunternd zu. Er lächelte schüchtern, prostete mir zu, und ich liebte ihn so sehr in diesem Augenblick, daß das Herz mir weh tat und ich am liebsten zu ihm gelaufen wäre und ihn geküßt hätte. Die Reden dauerten und dauerten, dann spielte noch ein Streichquartett, und die Lehrlinge der Firma, die mein Vater zum Teil ausgebildet hatte, lasen mit verteilten Rollen eine komische Szene vor, die auf den Büroalltag anspielte und von der ich kein Wort verstand. Mir wurde bewußt, wie wenig unser Vater zu Hause von seiner Arbeit erzählt hatte, wir wußten im Grunde nicht einmal genau, was er tat, außer daß er das Geld zum Leben heimbrachte, und das war ja, wie wir von Mutter hörten, immer zuwenig, weil er nicht ehrgeizig war und sich nicht anstrengte. Traudel flüsterte mir zu: «Was sind das für komische freie Stellen da im Büfett, glaubst du, da kommt noch was?» In der Tat waren mitten im schön dekorierten Büfett drei große, kreisrunde Löcher, schwarz und aus der Papiertischdecke ausgeschnitten. «Vielleicht sollen wir da die dreckigen Teller und das Besteck reinschmeißen», flüsterte ich zurück, und neben mir zischte eine ältere Dame: «Psst, so seien Sie doch still!», denn die Lehrlinge reimten gerade:

«Wehe, wenn wer mal nicht spurt,
dann kommt Kurt, dann kommt Kurt»

und meinten wohl den Abteilungsleiter. Ich habe diesen Spruch später zu Bellas Mann gesagt, «wenn unsre Bella mal nicht spurt, dann kommt Kurt, dann kommt Kurt», und er hatte gelacht und gesagt: «Ich werd nicht schlau aus deiner Schwester, da soll sich jemand anders die Zähne ausbeißen.» Ich hätte Kurt gern gehabt, ehrlich gesagt, er war von allen Freunden und Ehemännern, die Bella hatte, der netteste, aber mich bemerkten die Männer immer erst, wenn sie an meiner Schwester verzweifelt waren, und zweimal wollten sie mit derselben Familie nichts zu tun haben.

Als die Reden endlich beendet waren, gab es viel Applaus, mein Vater und der Buchhalter bekamen je einen großen Schaukelstuhl geschenkt für den Ruhestand, der jetzt anbrechen würde, und ich dachte: Du liebe Güte, wo will er in unserm Haus dieses Monstrum aufstellen? Seltsamerweise tauchte der Stuhl nie bei uns auf. Mutter stichelte noch ewig herum: «Sie hätten dir zum Abschied ruhig etwas schenken können, was für eine knauserige Firma!» Traudel und ich schwiegen dazu, und ich dachte mir, daß der Schaukelstuhl vielleicht in der Wohnung der Kollegin stand und daß unser Vater da manchmal in aller Ruhe ein bißchen schaukeln ging, wer weiß.

Nun wurde aber endlich das Büfett eröffnet, und zwar mit einem lauten Gong und dem Ruf der älteren Dame neben mir: «Warten Sie noch EINEN AUGENBLICK, es gibt noch eine Überraschung!» Alles blieb stehen, und Traudel sagte: «Das gibt's doch nicht!», denn in den drei kreisrunden Löchern erschienen jetzt auf einmal die Köpfe von drei Menschen – der eine war als Karotte, der andere als Salat, der dritte als Tomate geschminkt und verziert –, ein orangefarbenes, ein rotes, ein grünes Gesicht mit allerlei Blattzeug auf dem Kopf. Sie mußten während der ganzen Zeit unter dem Tisch gelegen oder gesessen haben, und nun schoben sie ihre Köpfe zwischen die Fisch-, Fleisch- und Salatplatten und riefen: «Das Büfett ist eröffnet!»

Es gab Riesenapplaus, und nur langsam trauten wir uns an den Tisch, wo jetzt mitten zwischen Tellern mit Essen lebende Gesichter schwebten und lächelten und sagten «Guten Appetit!» oder «Nehmen Sie doch noch ein

Häppchen Lachs!» oder «Auch der Nudelsalat ist es wert, probiert zu werden, greifen Sie nur zu.» Witzbolde bekleckerten den, der wie eine Tomate aussah, mit Mayonnaise, er ertrug es lächelnd und sagte: «Sie sollten auch den Parmaschinken probieren», und ich dachte: Mein Gott, in dieser Firma war unser Vater dreißig Jahre lang, was weiß man schon von seinen Eltern.

Als unsere Mutter eine Woche weg war, klingelte plötzlich beim Abendbrot das Telefon. Bella und Traudel waren in der Küche, und Vater schickte mich mit einer Handbewegung aus dem Zimmer, er wollte ungestört sein. «Mama?» flüsterte ich, und er nickte. Ich ging in die Küche zu den andern und sagte düster: «Ich fürchte, unsere Mutter kommt zurück.» Traudel juchzte laut auf und wollte ins Wohnzimmer rennen, wahrscheinlich, um Mutter am Telefon irgendwelche Freudenschreie ins Ohr zu tröten, aber ich hielt sie zurück. Bella sagte: «Wird auch Zeit. Wie das hier aussieht.» Vater telefonierte lange, dann machte er die Terrassentür auf, lüftete, rauchte im Stehen noch eine Zigarette und seufzte tief.

Ich war wieder zu ihm gegangen, und er hatte mir den Arm um die Schultern gelegt. «Kommt sie?» fragte ich, und er nickte: «Morgen abend.»

– «Wo ist sie eigentlich?» wollte ich wissen, obwohl ich es mir schon denken konnte: bei Tante Hedwig, die ihr wieder einreden würde, sie solle unsern Vater, der es zu nichts brächte, endlich verlassen. Und dann würde Tante Hedwig, die Kriegerwitwe war, seufzen und sagen: «Die besseren Männer sind im Krieg geblieben!» Im Grunde wunderte ich mich, daß Mutter zurückkam, ich an ihrer Stelle wäre weggeblieben, aber ich glaube, dazu war sie einfach zu unselbständig, es lief halt doch immer alles seinen gewohnten Gang, und zu schmerzhaften Veränderungen hatte in dieser Generation nach durchgestandenem Krieg und Heimkehr aus der Gefangenschaft niemand mehr den Mut oder auch einfach nur die Phantasie.

Am folgenden Nachmittag räumten wir das Haus auf. Die alten Zeitungen kamen in den Müll, die Küche wurde geputzt, Traudel pflückte einen klumpigen Strauß Feldblumen, und Bella bezog die Betten frisch. Ich bürstete den Hund und schrubbte mit einem Schwamm die Dreckflecken, die er gemacht hatte, vom Teppich, und unser Vater heizte den Boiler ein, nahm ein langes Bad, rasierte und parfümierte sich und ging gegen sechs Uhr abends zur Bushaltestelle.

«Ohren steif», sagte ich und hielt Traudel

fest, die unbedingt mitgehen wollte. Bella war mit ihrem Freund ausgegangen, weil sie, wie sie sagte, «diese rührende Szene nicht miterleben» wollte. Ich setzte mich mit Traudel oben auf die Fensterbank, von da aus konnte man die Straße überblicken, und unser Vater ging los.

Nach einer halben Stunde kamen sie. Er trug ihren Koffer, zwischen ihnen waren etwa zwei Meter Platz, und sie schienen zu schweigen. «Mama!» sagte Traudel ergriffen und fing an zu heulen, und ich dachte: «Jetzt müssen wir wieder Pampe essen.» Sie kamen ins Haus, stellten den Koffer in die Diele und gingen sofort wieder weg.

Traudel war fassungslos. «Warum gehen sie denn wieder?» rief sie und schluchzte, und ich sagte: «Wahrscheinlich wollen sie allein sein und reden», und so war es auch, denn kaum waren sie wieder auf der Straße, fingen sie beide gleichzeitig an, heftig aufeinander einzureden und mit den Armen zu fuchteln. Sie bogen in den Feldweg zum Wäldchen ein, und nun konnte man sie für zehn Minuten nicht sehen. Ich blieb aber sitzen, weil ich wußte, daß sie dann am Waldrand wieder auftauchen mußten. Traudel ging runter, um Mutters Koffer zu beschnüffeln und den kläffenden Hund von der Leine loszumachen. Nach etwas mehr als zehn Minuten sah ich meinen Vater und meine Mutter oben am Waldrand, sie hatten sich eingehakt und gingen langsam, und fast schien es, als legte meine Mutter ihren Kopf an seine Schulter, aber vielleicht hielt sie ihn auch nur schief.

Ich hatte das Gefühl, als wären wir jetzt zwar gerettet, aber wenn es anders gekommen wäre, wäre es auch kein Untergang gewesen. Es war kein Glücksgefühl, keine Erleichterung, eher so eine Art Einmünden in einen vertrauten Hafen. Später am Abend saßen wir alle zusammen im Wohnzimmer, sogar Bella kam heim und setzte sich zu uns. Mutter war blaß und sanft wie jemand, der nach einer Krankheit zum erstenmal wieder aufsteht. Sie sah uns prüfend an, als müsse sie sich vergewissern, daß wir noch lebten und in Ordnung wären, und Vater öffnete eine Flasche Wein, goß die Gläser voll und sagte: «So, da wären wir nun wieder alle.» Molli lag zu Mutters Füßen, und Traudel saß daneben und streichelte abwechselnd Mutter und den Hund.

«Gut, daß du wieder da bist, Mama», sagte sie, «denn stell dir vor, er hätte sonst den Hund erschossen.»

Das Dööfchen

Jeden Abend um dieselbe Zeit kommt das Dööfchen die Straße herunter, die wir von unserm Balkon aus sehen. Es ist eine stille Wohnstraße mit alten Häusern, die noch nie oder nur sehr sparsam renoviert wurden. An der Ecke, uns gegenüber, verfällt das Altersheim. Es hält sich zwischen den hohen, morschen Bäumen nur so gerade noch aufrecht, und die meisten der kleinen Balkone dürfen nicht mehr betreten werden – mit rotweißen Plastikbändern hat das Stadtbauamt sie gesperrt. Die Fensterläden sind abgeblättert und klappern im Wind, einige sind immer geschlossen, andere mit Paketkordel an den Halterungen festgebunden. In den Fenstern sehen wir kleine weiße Köpfe, ganz still, und nachts hören wir manchmal Schreie. Wir starren dann im Dunkeln nach drüben und denken daran, wie es sein wird, wenn wir alt sind – die Liebesgeschichten werden vorbei sein, und wir werden jedes mögliche Ende kennen. Uns wird nichts mehr erschrecken, denn wir haben jeden Schmerz schon gespürt, jeden schon zugefügt. Kein Warten mehr auf Briefträger: was sie bringen könnten, wissen wir – die albernen Karten, die verwegenen Briefe, die brennenden Telegramme. Kein Telefon mehr, niemand, der noch anrufen könnte. Musik? Wir haben die Musik im Kopf und hören sie hinter den geschlossenen Augen. Wir kennen die Bücher und erzählen uns stumm die Geschichten zu Ende. Niemand wird wissen, daß wir auf einem Zwirnsfaden über einen Abgrund gehen. Wir haben dafür gesorgt, daß wir im Alter in einen Garten sehen können, in dem die Katze geduldig auf Vögel lauert und sie vor unseren Augen zerreißt. Als wir jung waren, glaubten wir, Grausamkeiten nicht zu ertragen. Jetzt sind wir selbst grausam, kein Lächeln mehr, keine Freundlichkeiten, nur Schreie im Traum. Wir werden der Katze zusehen und die Erinnerung an uns selbst verlieren, und wenn uns jemand besuchen will, werden wir hinter der geschlossenen Tür böse sagen: Wir sind nicht zu Hause.

Jeden Abend um dieselbe Zeit kommt der dicke alte Mann in dem rosa Hemd mit den kurzen Ärmeln aus dem Heim, tappt mit dem Stock an der Hecke entlang und ruft: «Ei, ei, ei! Peterle!» Die vergilbte Katze mit dem grauen Punkt taucht dann auf, tänzelt vor ihm mit steilem Schwanz, läßt sich nicht fangen, nicht streicheln – nie.

Das Dööfchen hat jetzt die Mülltonne von Rechtsanwalt Wrobel erreicht. Krachend fliegt der Deckel nach hinten, Hundefutterdosen, Küchenabfälle, Plastikreste landen in der Vorgartenbegrünung. Nur Zeitschriften sucht das Dööfchen, sie verschwinden in prallen Tüten, und wenn das Dööfchen sicher ist, daß keine Zeitschriften mehr in der Tonne sind, knurrt es und trollt sich weiter zu den Mülltonnen des Sternkönig-Verlags unten an der Ecke. Da finden sich immer Druckfahnen, Korrekturbögen, Papierreste. Wir warten, bis die alte Wrobel mit der Kaminzange erscheint und die tägliche Schweinerei in ihrem Vorgarten fluchend beseitigt.

Das Dööfchen ist älter geworden in letzter Zeit. Lange schien es uns zeitlos unförmig mit seinem leeren runden Kindergesicht, aber auf einmal wird der Körper schwer und das Haar grau. Noch immer trägt es grellbunte Strickjakken, die ihm die Mutter aus Wollresten strickt. Das Dööfchen wohnt mit seiner Mutter in einem großen dunklen Haus in der Nachbarstraße, und wir diskutieren oft, was schlimmer wäre: wenn zuerst das Dööfchen stürbe oder zuerst die Mutter? Wir setzen sogar Wetten aus: einer ist für die Mutter, damit das Dööfchen endlich in ein Heim kommt, einer ist für das Dööfchen, damit die Mutter noch ein paar schöne Jahre hat. Weihnachten leuchtet in ihrem Erker immer der größte Baum weit und breit, und mich erfüllt mit Ingrimm, daß das Dööfchen so geliebt wird – um mich wurde nie Aufhebens gemacht, und ich war kein so plumpes, heiser bellendes Kind. Einmal wurde unsere Katze überfahren, wir fanden sie direkt unter dem Erkerfenster, und das Dööfchen stand hinter der Gardine und sah unbewegt zu.

Der alte Mann gibt die Jagd nach Peterle auf und geht ins Altersheim zurück. Jetzt ist es ganz still in unserer Straße, aber dann erscheint die alte Wrobel mit der Kaminzange, und fast gleichzeitig kommt der Kinderverderber mit dem dicken Hintern auf seinem Hollandrad und pfeift vor sich hin. Er fährt im Zickzack, weil er lüstern nach allen Seiten ausspäht, ob es noch irgendwo Kinder zu verderben gibt. Oft wundern wir uns, daß er noch nie über das Dööfchen hergefallen ist. Jetzt lehnt er sein Hollandrad an den Zaun des Hauses Nr. 16, in dem er wohnt, schließt es mit zwei Ketten ab und dreht sich noch einmal unschlüssig um – nichts, schade. In einigen Minuten wird in seiner Mansarde kaltes Deckenlicht aufleuchten, und dann werden wir aus dem geöffneten Fenster Marschmusik hören. Kurz darauf wird Frau Rechtsanwalt Wrobel mit ihrem Basset Elsie auf die Straße treten und grußlos an der Schwiegermutter mit der Kaminzange vorbei in Richtung Grünanlage gehen. Elsie ist fett, hängt in der Mitte durch, hat entzündete Augen und krumme Füße mit zu langen Krallen. Sie kackt kleine weiße Kalkbälle vor das Haus, in dem der Kinderverderber verschwunden ist. Elsie will nicht gehen und schleift ihren Bauch mühsam über den Gehsteig. Um so drahtiger schreitet Frau Rechtsanwalt Wrobel in ihrem kurzen weißen Tennisröckchen aus, denn sie wird gleich eine Trainerstunde bei dem braungebrannten Tennislehrer aus der Kreisstadt nehmen. Sie raucht im Gehen und wartet, bis Elsie ihre Kalkbälle losgeworden ist.

Die alte Wrobel schaut erbittert hinter ihr her, das Flittchen, die Schmarotzerin, die ihr den Sohn weggenommen hat, der etwas Besseres verdient hätte. Der Sohn ist gutverdienender Scheidungsanwalt und hat eine Geliebte in Bielefeld, weshalb er in Bielefeld oft «Termine wahrnehmen muß». Die alte Wrobel schaut zu uns hoch, grüßt, droht mit der Kaminzange hinter der Schwiegertochter her und äfft ihren aufreizenden Gang nach. Jetzt kommt Kowalski auf dem Rennrad den Berg von der Grünanlage heruntergefahren. Kowalski malt wilde Bilder in schreienden Farben und radelt täglich gegen seine sexuellen Obsessionen an. Er trägt enge Radfahrerhosen, in denen man «alle Teile» sieht, wie die alte Wrobel einmal voll Abscheu bemerkt hat: «Ekelhaft, so eine Hose, man sieht alle Teile, aber das gefällt dem Flittchen!»

Kowalskis Gesicht ist rot und schweißglänzend, das Haar verklebt, als er jetzt anhält und vom Rad steigt, um mit Frau Rechtsanwalt Wrobel eine zu rauchen und ihr von dem Fuchs zu erzählen, den er auf der Hochstraße gesehen hat, von der Weinlese, die in vollem Gange ist, von den Bauarbeiten an der Trasse der Schnellbahn. Sie lacht laut und wirft den Kopf jungmädchenhaft in den Nacken, ach, Kowalski, Sie sind mir einer! Elsie rutscht mit dem Hintern über den Kies, weil sie einen Abszeß an den Analdrüsen hat.

Seit Kowalski sich endgültig von Martha, seiner Frau, getrennt hat, wohnt er in unserer Straße. Martha hat ein Verhältnis mit einem ehemaligen Boxer, der Kowalski in der Stadt kumpelhaft zuzwinkert. Kowalski findet diese Affäre unerträglich und nicht zu vergleichen mit seinen Geschichten, etwa mit der italienischen Eisverkäuferin, der älteren Schauspielerin oder der Bedienung in den Rheinterrassen.

Kowalski will nicht abends heimkommen und

sehen, wie der ehemalige Boxer in seiner Küche Weizenbier trinkt, also hat er sich eine kleine Dachwohnung gemietet, und wir können nachts lange das Licht brennen sehen. Dann malt er oder schreibt für Kunstzeitschriften verwegene Artikel mit Titeln wie «Was soll uns Schönheit?» oder «Im Schlaf erwacht die Schwermut» oder «Vom Überflüssigen». Manchmal geht Kowalskis Freund Werner unter den Fenstern auf und ab, hustet überdeutlich, schaut zu den erleuchteten Vierecken hoch, traut sich aber nicht zu klingeln und trabt wieder zurück in Marthas Küche, wo er oft Zuflucht sucht und mit dem ehemaligen Boxer ein Weizenbier nach dem anderen trinkt. Werner ist acht Jahre zur See gefahren und dann in Wien bei einer Restaurateurin namens Elsbeth gestrandet, von deren erotischen Extravaganzen er oft in hocherregtem Frageton erzählt: «Immer nur im Stehen, stundenlang, rein raus, rein raus, und dabei raucht sie, ist das denn normal, sagt doch mal?» Werner ist vor Elsbeth in unsere Kleinstadt geflohen, weil hier sein einziger Freund lebt, Kowalski, und nun hat sich Kowalski so zurückgezogen, und Werners letzte Anlaufstelle ist Marthas Küche. Wenn er betrunken ist, tritt er ans Fenster, ballt die Faust und ruft in die Nacht hinaus: «Kowalski, du Schuft!», und dann sagt

Martha: «Mal du erst mal solche Bilder», und der Boxer sagt: «Was, du nimmst das Arschloch noch in Schutz?» Manchmal haut der Boxer Martha dann eine rein, nicht fest, nur gerade so, daß es ein dickes Auge und ein paar Schrammen gibt, die Martha am nächsten Tag stolz zum Einkaufen auf den Marktplatz trägt. Ganymed, Marthas und Kowalskis halbwüchsiger Sohn, der seinen Vater so glühend haßt wie er seine Mutter liebt, will den ehemaligen Boxer dafür ermorden und schmiedet finstere Pläne. Er, der nach dem schönen Mundschenk des Zeus heißt, der in unvergänglicher Jugend Dienst an der Tafel der Götter tut, ahnt nichts von den Jahren der Langeweile, die für Martha die Ehe mit Kowalski bedeutet haben. Sie genießt die kleinen Handgreiflichkeiten des ehemaligen Boxers durchaus, nachdem Kowalski sie jahrelang überhaupt nicht angerührt hatte.

Es ist dunkler geworden, und Frau Rechtsanwalt Wrobel zerrt Elsie hinter sich her in Richtung Tennisplatz. Kowalski schultert sein leichtes Rad und trägt es in den dritten Stock hoch, und währenddessen hält unten vor seinem Haus ein kleines weißes Auto. Heraus steigt in einem leuchtendblauen Kleid, das korngelbe Haar lang und offen, Erdmute. Sie ist Querflötistin im Kurorchester und hat ein Verhältnis mit dem Dirigenten, hätte aber lieber eins mit Kowalski, jetzt, wo er frei von Martha ist. Erdmute und Martha sind zusammen zur Schule gegangen und haben sich immer gehaßt, zwei böse Sägeblätter, zwischen denen Kowalski seit Jahren zerrieben wird. Er öffnet nicht auf Erdmutes Klingeln, macht auch kein Licht. Sie versucht es noch einmal, fährt dann ab, hupt wütend. Als das Auto weg ist, öffnet Kowalski oben weit die Fenster. Jetzt wird er den Fuchs malen, den er überfahren auf der Hochstraße gesehen hat. Die vergilbte Katze schlüpft durch einen Spalt des Küchenfensters ins Altersheim, und der Kinderverderber stellt die Marschmusik ab und geht zu Bett.

Werner sitzt in Marthas Küche, sie flüstern, um den ehemaligen Boxer nicht aufzuwecken, dem der Kopf schwer auf den Tisch gesunken ist. Anita, Marthas und Kowalskis häßliche Tochter, die im Garten Marihuana züchtet und selbstgedrehte Zigaretten auf dem Schulhof verkauft, spießt lebende Schmetterlinge auf. Das Dööfchen schlurft mit drei vollen Tüten gähnend nach Hause. Uns wird kühl auf dem Balkon, wir räumen die Stühle nach innen, schließen die Tür, waschen uns flüchtig und legen uns schlafen.

Am nächsten Morgen gehen wir auf den Markt und sehen Martha mit ihrer Freundin Irene in der Fußgängerzone vor «Claire's Bistro» sitzen und Chardonnay trinken. Mit zusammengekniffenen Augen sehen beide hinter Irenes ehemaligem Mann Wilhelm her, der grußlos vorbeigeht. Es ist halb zwölf, da macht er Mittagspause und ißt beim Chinesen süßsaure Suppe und Hühnerfleisch mit Bambus, wie immer. Wilhelm führt eine Musikalienhandlung, und Irene hatte ihn kennengelernt, als sie vor Jahren für ihre kleine Nichte ein Akkordeon bei ihm kaufte. Viel zu schnell hatten sie geheiratet, die Ehe hielt nur anderthalb Jahre, und die kleine Nichte ist inzwischen am Gehirntumor gestorben – das Akkordeon steht ungenutzt herum. Als die kleine Nichte damals schon im Sterben lag, hatte man noch Wilhelms Mutter hinzugezogen, eine alte Frau mit schrill blondiertem Haar und Kenntnis der homöopathischen Medizin, aber es war schon zu spät gewesen. Die Ärzte, schimpfte sie, allesamt Scharlatane, hätten bereits alles gründlich verdorben, vor allem der Doktor Jungblut, man wisse ja, was von dem zu halten sei. Doktor Jungblut genießt in der Stadt eine gewisse Berühmtheit als brillanter Tänzer. Unsere drei Homosexuellen schwören auf ihn, weil er noch immer Aids für Schnickschnack und eine Erfindung der katholischen Kirche hält. Er erzählt gern kleine obszöne Witze und gibt nichts auf das Arztgeheimnis. Laut teilt er in Gesellschaft mit, wer eine Schrumpfleber, wer Colitis ulcerosa, wer Toxoplasmose hat. «Na, Frau Wrobel», ruft er auf dem Sommerfest des Tennisclubs, «was machen denn die Hämorrhoiden?» Er wird auf alle Feste eingeladen, denn Krankheiten sind immer ein wichtiges und beliebtes Thema. Auch Marthas Mutter ist bei ihm in Behandlung, weil sie nur dort ab und zu etwas über ihre Tochter erfährt, die seit Jahren nicht mehr mit ihr spricht. Das Dööfchen ist seit seiner Geburt Doktor Jungbluts Patientin. Mit starken Medikamenten hat er es während der Pubertät ruhig gehalten, nur das heisere Bellen konnte er leider nicht eindämmen. Und auch bei der kleinen Nichte hat er damals nichts mehr machen können, aber den Redakteur des *Tageblatts* hat er von seinem unerträglichen Mundgeruch befreit, indem er faulige Restmandeln entfernte.

Der ehemalige Boxer schläft seinen Rausch aus, während Irene und Martha die zweite Flasche Chardonnay trinken. Werner ist dazugekommen und erzählt, daß er Wilhelm, Irenes Ehemaligen, mit Sicherheit mal in Düsseldorf in der Fußgängerzone gesehen habe, wo er auf einer Gitarre Tango spielte. Wilhelm hatte als junger Mann sein Musikstudium abgebrochen, um den väterlichen Musikalienhandel zu leiten, aber anscheinend steckte ihm die Liebe zur Musik doch noch in den Knochen. Irene kann sich nicht einmal mehr daran erinnern, ob Wilhelm zum Frühstück Tee oder Kaffee trank, so unwichtig ist er ihr gewesen oder geworden.

Auf dem Schulhof läßt Anita Sechsjährige an ihren Marihuana-Zigaretten ziehen und freut sich, wenn sie das Schulklo vollkotzen. Niemand prüft, was in diesen Zigaretten drin ist, und bei Vorwürfen dreht Anita die blassen Augen gen Himmel und sagt: «Kann ich dafür, wenn sie so früh schon rauchen wollen?» Wenn Anita aus der Schule kommt, ist ihre Mutter schon so betrunken, daß sie sich auf dem Heimweg bei der Tochter einhaken muß. Mutter und Tochter verabscheuen sich, wie sich Martha und ihre Mutter verabscheuen. Sie zischen sich Gemeinheiten zu, und Anita geht in festem Schritt, mit zusammengepreßten schmalen Lippen und zieht die Mutter rücksichtslos hinter sich her. Sie ist ein häßliches und böses Kind, groß und hager wie die Mutter – kein Hund, der nicht im Vorübergehen von ihr getreten würde, kein Kind, dem sie nicht rasch und fest auf den Kopf schlüge, wenn die Eltern gerade wegschauen.

Anita liebt nur einen einzigen Menschen, das ist Kowalski, ihr Vater, aber diese Liebe wird nicht erwidert. Irene bleibt allein vor «Claire's Bistro» bei ihrem Wein sitzen, bis auch Ganymed aus der Schule kommt, zusammen mit dem schönen Bertram. Der schöne Bertram ist sechzehn, hat langes blondes Haar, zum Zopf gebunden, und immer eine Zigarette im Mund. Er schaut den Frauen auf die Brüste, die Beine und den Hintern, und man sagt, daß der ehemalige Boxer ihn schon als Zuhälter anlernt. Ganymed ist hoffnungslos verliebt in den schönen Bertram, der jetzt aus Irenes Glas einen Schluck trinkt und ihr so in den Nacken faßt, daß sie eine Gänsehaut bekommt. «Na», sagt er, und sonst nichts. Im Schaufenster der Buchhandlung Löwinger studieren er und Ganymed Reiseprospekte, dann verabreden sie sich zum Pferderennen am Nachmittag und trennen sich. Der schöne Bertram holt jetzt seine Mutter ab, die beim Bridgespielen verloren hat, und manchmal zieht er einen Hunderter aus der Tasche und zahlt ihre Schulden. Buchhändler Löwinger schließt über Mittag sein Geschäft und geht mit seinen beiden dicken Töchtern nach Hause zum Essen. Sandra, die Jüngere, hat neuerdings einen Freund, und zwar Patrick, den Sohn des Leiters dieses großen Einkaufszentrums draußen am

Bahnhof. Vor Jahren hatte Patrick einen Autounfall, da dachten wir alle: das wird nichts mehr. Aber nun geht er mit Sandra, die aussieht wie eine Lehmgrube nach einem schweren Gewitter, und er ist doch eigentlich ganz hübsch, wenn auch so unauffällig, daß man sein Gesicht sofort vergißt. Er muß das wissen, denn im Sommer fährt er mehrmals täglich in einem offenen Auto an «Claire's Bistro» vorbei, damit wir uns an ihn erinnern. Wenn Sandra den kriegt, sagen wir, hat sie ausgesorgt, und dann kann ihre kloßförmige Schwester Judith den Buchladen erben.

Judith hätte gern damals Wilhelm geheiratet, aber da war ihr Irene dazwischengekommen. Seither grüßt sie Irene nicht mehr, und wann immer Irene ein Buch kaufen möchte, sagt Judith: «Das muß ich erst bestellen», und das läßt sie dann tagelang dauern. Wilhelm sitzt beim Chinesen und trinkt Rotwein zum Essen. Doktor Jungblut hat vor Jahren Darmkrebs bei ihm festgestellt, und dann war herausgekommen: er hatte sich geirrt, nur ein Magengeschwür! Ab sofort kein Rotwein mehr! Nun trinkt Wilhelm den Beaujolais schon mittags.

Am Nebentisch schlürft die Brühwürfelerbin ihre Wan-Tan-Suppe. Sie ist fast neunzig Jahre alt und steinreich und wird alles der katholischen Kirche vermachen, denn sie haßt ihre Familie. Täglich geht sie schwimmen im städtischen Bad und schlägt am Beckenrand mit dem Stock nach Kindern, die spritzen oder herumtoben. Nie weicht sie einem Schwimmer aus, der ihre Bahn kreuzt. Stur schwimmt sie mit energischen Zügen geradeaus, und einmal ist ihretwegen fast ein Kind ertrunken, sie ist einfach drüberweg geschwommen.

Sie nickt Wilhelm zu, der zweimal im Jahr – vor und nach der Heizperiode – ihren Flügel stimmen kommt, auf dem sie nie spielt. Heute wird sie nach dem Essen auf den Friedhof gehen, wo ihr letzter Freund beerdigt wird, ein alter Französischlehrer, mit dem sie manchmal Patiencen gelegt hat. Statt Blumen wird sie ihm die Patiencekarten ins Grab werfen. Sie überlegt, mit wem sie nun in Zukunft ab und zu ein Schwätzchen halten könnte, aber es fällt ihr niemand ein. Frau Rechtsanwalt Wrobel kommt mit schnellem Schritt vom Einkaufen, sie wird von Erdmute gegrüßt, die soeben eine Kurorchesterprobe hatte. Beide denken an diesem leichtsinnig-warmen Tag an Kowalski. Kowalski aber liegt genau zu dieser Stunde mit der Aushilfspostbotin im Bett. Sie hatte ihm schon lange gefallen, und morgen sind die drei Wochen um, in denen sie unsern alten dämlichen Briefträger vertreten hat, der immer Heinrich, Henrici und Heiders verwechselt und Nr. 14 nicht von Nr. 24 unterscheiden kann. Heute morgen, als die junge Aushilfspostbotin die drei Treppen zu Kowalski hochstieg, um Nachgebühr zu kassieren, hat er ihr auf dem Treppenabsatz ein Gedicht von Ferlinghetti aufgesagt, das mit den Worten begann:

«An der Küste von Chile
wo Neruda lebte
ist es wohlbekannt daß
Seevögel oftmals
aus Briefkästen Briefe stehlen
die sie aus verschiedenen Gründen
gerne lesen würden.»

Dieses Gedicht hat die Aushilfspostbotin überzeugt, und so schläft sie nun gern mit Kowalski und trägt den Rest der Post erst anderthalb Stunden später aus. Martha liegt jetzt überwach in einem verdunkelten Zimmer und wird von Bildern gepeinigt, die mit ihrer Mutter zu tun haben. Anita hat im Garten einen kleinen Vogel gefangen, ihn in ein Marmeladenglas gesperrt, und nun sieht sie zu, wie er erstickt.

An diesem Abend warten wir vergebens auf das Dööfchen. Es kommt nicht die Straße herunter, und die alte Wrobel lauert ratlos mit der Kaminzange hinter der Wohnzimmergardine. Das Dööfchen kommt auch in den nächsten Tagen nicht, und wir fangen an, uns Sorgen zu machen. Die Nachricht, daß Doktor Jungblut sich bei Wilhelm abermals geirrt hat – es ist Krebs der Bauchspeicheldrüse und wird nun sehr schnell gehen –, läßt uns kalt. Wo ist das Dööfchen? Ob man einfach einmal klingelt und die Mutter fragt, entschuldigen Sie bitte, aber Ihre Tochter...? Judith will sich für Wilhelm aufopfern und ihn pflegen bis zum Schluß. Martha hat den Boxer nun doch aus dem Haus geworfen, und Kowalski überlegt, ob er wieder zu ihr und den Kindern zurückziehen soll. Werner wird nach Wien fahren und es noch einmal mit Elsbeth versuchen, und Rechtsanwalt Wrobel ist zum erstenmal ein ganzes Wochenende in Bielefeld geblieben. Jetzt erwägt seine Frau ernsthaft, mit dem Tennislehrer noch einmal ganz von vorn anzufangen. Sie weiß nicht, daß Erdmute Kowalski endgültig aufgegeben hat und nun private Trainerstunden nimmt.

Die Brühwürfelerbin räumt auf dem Heimweg vom Schwimmbad mit ihrem Stock die vergilbte Katze beiseite, die überfahren vor dem Altersheim liegt. Da wird sie der alte Mann in dem rosa Hemd mit den kurzen Ärmeln am Abend finden, wird sie weinend in den Arm nehmen und endlich lange streicheln.

In der Zeitung lesen wir, daß Alexis von Bredow den Tod ihrer Mutter betrauert. Die Adresse ist die des Dööfchens, von dem wir nun wissen, daß es Alexis heißt. Wenige Tage später sehen wir seinen dicken runden Kopf an einem der Fenster des Altersheims. Es schaut dem Kinderverderber nach, der vom Rad steigt und sich mißmutig umsieht, weil nichts los ist.

Ganymed und der schöne Bertram gehen die Straße hinauf zur Grünanlage. Ganymed legt vorsichtig seinen Arm um den Freund. Weiter passiert heute nichts. Aber wir sind gewohnt zu warten. Alles ereignet sich, irgendwann.

Apocalypse Now

Es regnete seit dem frühen Morgen aus einem schwefelgelben Himmel, als wollte die Welt untergehen. Wir warteten auf Agnes. Der Regisseur, der auch zugleich Autor und Produzent des Films war und dem das Geld im wochenlangen Regen buchstäblich wegschwamm, saß mit der brettförmigen Regieassistentin, die auch genausogut ein Mann hätte sein können mit ihrem ausrasierten Nacken und ihrer tiefen Stimme, vor Pfefferminztee und sprach noch einmal die Szene durch, die man mit Agnes an diesem Abend drehen wollte. Ich lungerte am Tischende herum und aß das dritte Stück Apfelkuchen. Ich war Scriptgirl bei diesem Film, bei dem von allem Anfang an alles schiefging, und ich überlegte jeden Morgen beim Aufwachen in meinem klammen Bett in diesem billigen Provinzhotel, ob ich verzweifeln oder mich amüsieren sollte. Vier Wochen Dreharbeiten in Italien, und drei davon in strömendem Regen – wir hatten Außenszenen nach innen verlegen oder ganz streichen müssen, das halbe Team war erkältet, die Wege versanken im Matsch, und unsere Schuhe und Kleider wurden gar nicht mehr trocken. Seit dem dritten Drehtag sprachen Regisseur und Kameramann nur noch das Allernötigste miteinander, und ich hatte das Gefühl, daß der Kameramann – er hieß Torsten – verbissen versuchte, den Film zu ruinieren. Alle im Team duzten sich, wie das bei einer so zusammengewürfelten Schicksalsgemeinschaft für ein paar Wochen an irgendeinem Ort üblich ist, nur Torsten wollte gesiezt werden. Damit hatte es überhaupt angefangen, daß er der Regieassistentin, die Gisela hieß – wir nannten sie heimlich Krisela –, das Du verbot, nur ihr, weil er sie von einer anderen Produktion schon kannte und sie nicht mochte wegen ihres harschen Tons. Daraufhin hatte der Regisseur gesagt: Wenn *sie* dich siezen muß, dann siezen wir dich alle, und um ihn zusätzlich zu ärgern, nannten wir ihn Herr Torsten. Herr Torsten saß in einer Ecke des Restaurants und schrieb in ein kleines Buch. Wir alle glaubten, daß er Beschwerden und Klagen aufschrieb, um sie für die Ewigkeit festzuhalten oder bei späteren Produktionen gegen jeden von uns etwas in der Hand zu haben. Unsere italienischen Darsteller spielten lustlos Karten und tranken Rotwein, das heißt, die Männer. Die Frauen zeigten sich gegenseitig Photos, blätterten in Modeheften oder strickten. Die Beleuchter und die Tontechniker waren in die nahegelegene Stadt gefahren, der Szenenbildner fuhr mit zweien seiner Helfer ins Nachbardorf, wo sie schöne Schreinerstöchter kennengelernt hatten, und der Aufnahmeleiter war nach Mailand gefahren, um Agnes abzuholen. Agnes, die außer dem Regisseur niemand von uns kannte, der aber der Ruf vorauseilte, heikel, schwierig, launisch, kurzum, eine Ziege zu sein. Aber, sagte der Regisseur, für die Rolle genau richtig, und es ist ja nur die eine Woche, da müssen wir durch, Kinder. Wir hatten alle keine Lust mehr, da durchzumüssen wir mußten schon durch genug durch in diesen Wochen. Die Kostümbildnerin, Marja, setzte sich seufzend zu mir an den Tisch mit einem Korb voller Klamotten.

Was der immer hat, flüsterte sie, ich wasch und bügel alles, weil sich sonst die Schauspieler weigern, das dreckige Zeug anzuziehen, und er will – sie zeigte mit dem Kinn in Richtung Regisseur –, daß alles schmuddelig und schmierig aussieht. Was soll ich denn jetzt machen?

Laß es Salvatore anziehen, sagte ich, nur zehn Minuten, dann sieht es schmuddelig und schmierig aus.

Salvatore war der Wirt in dem Film, und der sollte nun gerade nicht schmutzig sein, sondern nur die Landarbeiter, die ihren Grappa bei ihm trinken kamen. Aber Salvatore konnte anziehen was er wollte und nur ganz still herumstehen – peng, hatte er schon irgendwo Rotweinflecken oder eine fettige Hose, und die Landarbeiter kamen nach zehn Stunden Feldarbeit in gebügelten Hemden und Hosen in die Kneipe. Der Regisseur und Marja lagen sich deswegen seit Tagen in den Haaren, und ich wußte nie, zu wem ich halten sollte, denn ich mochte Marja gern, aber in den Regisseur war ich heimlich ein bißchen verliebt.

Es war schon mein zweiter Film mit ihm, beim ersten war es noch chaotischer zugegangen. Das war ein Looser, dem ging alles schief – er hatte gute Ideen und eine nette Art, aber er war nicht energisch genug mit diesem Sauhaufen von einem Filmteam. Er brüllte sie nicht an, und solche Leute müssen angebrüllt werden, ob es einem nun paßt oder nicht – anders geht das nicht. Wenn du an den Drehort kommst und bist nett, hast du schon verloren. Einem Team erklären, was man mit dem Film ausdrücken will? Ach du lieber Gott. Das interessiert die doch gar nicht. Jeder macht seinen Job, und keiner hat einen Blick über seinen kleinen Kasten hinaus für das Ganze, im Gegenteil, wenn eine Szene versiebt wird, weil der Ton nicht stimmt, feixen die Beleuchter und sagen: an UNS liegt es nicht, und wenn der Regisseur dann bittet, alles noch mal zu drehen, ziehen sie die Kabel raus und sagen: Feierabend! oder: Das erlaubt die Gewerkschaft nicht, und du stehst mit deiner Nettigkeit im Regen. Dieser Regisseur war freundlich, liebenswürdig und hörte sich den ganzen persönlichen Kram an, mit dem sie ihn alle belästigten – Carla kam nicht vom Saufen weg, weil ihr Mann sie verlassen hatte, Irmin mußte alle drei Tage nach Hause fahren und in der Nacht zurück, er war ständig übermüdet und paßte nicht auf, aber seine Frau hatte Zwillinge bekommen und eines davon kränkelte, brüllt man da einen schläfrigen Aufnahmeleiter an? Krisela zog jede Menge Koks in ihre große Nase, und nächtelang versuchte der Regisseur, ihr das auszureden, und der Szenenbildner beschlief die Mädchen der Gegend und handelte sich Ärger mit deren Eltern ein, die zum Regisseur kamen, um sich über das Künstlerpack zu beschweren.

Bei unserm vorigen Film war es noch schlimmer gewesen. Es war die Geschichte einer Reisegruppe in Fernost. Einer aus der Gruppe sondert sich ab, verliebt sich in ein asiatisches Mädchen und bleibt für immer in Bangkok. Ich war auch bei diesem Film zunächst Skriptgirl gewesen, mußte aber am Ende als Statistin mit einspringen, weil das Geld ausgegangen war und an allen Ecken und Enden gespart wurde. In Thailand hatten wir nur gerade die Außenaufnahmen drehen können, und für die Szenen im First-class-Hotel mieteten wir nun in Deutschland die große Eingangshalle und das Kaffeestübchen eines vornehmen Altenstifts in einem Kurbad an. Mit ein paar Umbauten wurde ein exotisches Ambiente geschaffen – niedrige Sitzmöbel kamen in die Halle statt der tiefen Samtsessel, an der Rezeption standen mandeläugige Mädchen in taubenblauen Seidensarongs, und auf den Rattantischchen wurden die Strohblumen durch Orchideen ersetzt. Die Eingänge waren mit Mahagoni-Imitaten und Messingverzierungen verkleidet worden, und über dem «Kaffeestübchen» stand jetzt mit Bambusbuchstaben «Rattan Coffee Shop».

Die Alten, die im Haus wohnten, waren durch einen Anschlag am Schwarzen Brett von der Heimleitung informiert worden, daß für fünf Tage Dreharbeiten in der Halle und im Kaffeestübchen stattfänden, und wer wolle, könne gern zuschauen. Manchmal waren zwei alte Damen, feingemacht mit ihren besten Blusen und alten Perlenketten, zaghaft am Rand stehengeblieben, um ein wenig zuzuschauen, aber der Aufnahmeleiter hatte sie jedesmal unwirsch verscheucht. Aufnahmeleiter sind die Pest bei Dreharbeiten. Man braucht sie, aber sie sind hassenswerte und unsensible Kreaturen, die immer Jeans mit hängenden Ärschen tragen und billige Pullover, die nach Schweiß riechen. Die alten Damen waren dann traurig in den kleinen Lesesalon neben der Halle gehuscht, den wir nicht okkupiert hatten und wo ständig drei uralte Männer, einer davon im Rollstuhl, unter dem düsteren, riesigen Ölgemälde, das eine Ruine zeigte, mißmutig Bridge spielten. Ich hatte mir mal die Bücher im Glasschrank angesehen, abgegriffene, zerfledderte Bände mit Titeln wie «Eines Menschen Zeit», «Ich habe gelebt», «Warum ich Christ bin» oder «Der Engel mit dem Schwert» von Pearl S. Buck und «Der Gasmann» von Heinrich Spoerl. Mittendrin stand ein Buch falsch herum, mit dem Rücken nach hinten, und als ich es umdrehte, sah ich, daß es Nabokovs «Lolita» war. Das hat mich sehr gerührt, und in den folgenden Tagen beobachtete ich die alten Männer, um herauszufinden, wer der Schlingel sein könnte, der es heimlich las. Ich tippte schließlich auf den alten General in dem blauen Blazer mit Goldwappen auf der Brusttasche. Er war ein großgewachsener, böse aussehender Mann mit einem schwarzen Krückstock mit silbernem Knauf. Herrisch ging er mitten durch die Halle, wenn wir gerade drehten, und der Aufnahmeleiter rang vergebens die Hände und versuchte, ihn zurückzuhalten. Ich habe, rief der General mit schneidender Stimme, mich in dieses Etablissement teuer genug eingekauft und zahle fünftausend Mark im Monat, da werde ich diese Halle durchqueren, wann, wie und wie oft ich will, junger Mann.

Und dann lief er mitten durch die Szene auf unsern Hauptdarsteller zu, der – dem Film entsprechend – in Bermudashorts und Hawaiihemd an der Rezeption stand, schlug ihm mit dem Stock an die Beine und sagte: Ich verlange, daß Sie sich anständig kleiden und hier nicht in diesem Aufzug herumlaufen. Er verdarb uns eine Szene nach der andern, denn er ging oft ein und aus, und er begriff einfach nicht, daß es sich um einen Film handelte. Er und die beiden schüchternen Damen waren es auch, die sich auf der Tafel als Gäste eintrugen – Gäste für den «Ausflug in den Elefantenkraal», den wir laut Drehbuch für unsere Filmtouristen ausgeschrieben hatten. Wir konnten ihnen mit Engelszungen erklären, daß es doch hier, in einem deutschen Kurbad, keinen Elefantenkraal gäbe – sie waren nicht davon abzubringen, Mittwoch um fünf Uhr aufzustehen und mit uns zum Elefantenkraal zu fahren. Unsere Dreharbeiten gingen zum Glück an einem Montagabend zu Ende, aber ich bin sicher, sie standen in weißem Leinen und Khaki perfekt gekleidet Mittwoch früh um fünf am Portal und wurden ein letztes Mal von uns enttäuscht. Einmal hatte der Regisseur für die beiden alten Damen Stühle an der Seite aufstellen lassen. Sie durften bei der Szene zuschauen, in der die Touristen im Hotel ankommen und von den Thaimädchen mit einem Cocktail begrüßt werden. Sie konnten sich nicht genug wundern, warum über Stunden und Stunden immer wieder angekommen wurde, immer wieder Koffer rein, Koffer raus, bis dann endlich die Szene doch im Kasten war und der Aufnahmeleiter nach einem erleichterten Kopfnicken des Regisseurs gerufen hatte: Gestorben! Da hatten sie erschrocken die Köpfe zusammengesteckt und gefragt: Gestorben? Wer ist gestorben?

Ich mußte eine stumme Touristin spielen, die in einem dünnen Kleidchen vor einem Tee saß und die Neuankommenden musterte. Der schwule Maskenbildner fummelte mir mit seinen feuchten Händen jeden Morgen eine Spießerfrisur auf den Kopf und malte mir Urlaubsbräune in mein erkältetes, blasses Gesicht, und dann fror ich mich in meinem Fähnchen halb zu Tode und durfte zusehen, wie der Produktionsleiter in einer Art Cape durch den Raum schwirrte und rief: Schneller, Kinder, schneller, das wird ja alles viel zu teuer, und ich hoffte immer, daß der Regisseur einmal aus der Haut fahren und schreien würde, aber er blieb nett, und so wurde der Film eben schlecht. Einmal war für den Nachmittag – wohl schon Monate vorher – eine Hausmusik für das Altenstift angesetzt worden, und als wir gerade Rückkehr vom Elefantenkraal drehten, begann ein quarkgesichtiger Pianist im kleinen Lesesalon Beethovensonaten zu spielen. Nicht mal da drehte der Regisseur durch und auch dann nicht, als der General absichtlich über ein Kabel stolperte, um sich anschließend lautstark zu beschweren. Ich hatte genau beobachtet, wie er mit seinem Stock in den am Boden liegenden Kabeln herumstocherte, dann aufblickte, ob ihn jemand sah – der Regisseur trug immer eine dunkle Brille, aber ich wußte, daß er in diesem Augenblick den General anschaute. Der ging zielstrebig los, mimte ein Stolpern, rief laut um Hilfe und ließ sich vom Aufnahmeleiter auffangen. So geht es nicht, schrie er, man bricht sich Hals und Bein, das muß alles hier weg! Nicht mal da war der Regisseur ausgerastet und hatte gerufen: Sie müssen hier weg! Er war freundlich geblieben und hatte dem Alten zum hundertstenmal erklärt, was ein Film ist.

Und jetzt sollte Agnes kommen, der dramatische frustrierte Schrecken aller Provinztheater, Agnes mit dem hennaroten Haar, den zahllosen Affären und den legendären Launen. Ich fror, kroch noch tiefer in meinen Apfelkuchen und schmierte Flecken auf Marjas frischgewaschene Arbeiterklamotten. Draußen wurde es immer dunkler, und Robert, der Requisiteur, sagte: Ich möchte mal wissen, wann wir die Szene mit den Fliegen denn nun endlich drehen können, der Marinelli macht das nicht mehr lange mit.

Wir brauchten für eine Szene im gleißenden Sonnenlicht Fliegen, die vor ein Fenster brummen sollten, aber es regnete und war viel zu kalt für die Jahreszeit, und nie waren Fliegen da. Der Requisiteur hatte in einer Nacht- und Nebelaktion eines Tages aus Leverkusen von der Firma Bayer drei Kartons Fliegenlarven geholt, die wurden im Keller des Dorfinstallateurs Alessandro Marinelli gelagert und durch kleine Löcher mit Zuckerlösung und Polentakrümeln gefüttert. Inzwischen waren die Fliegen ausgeschlüpft und donnerten gegen die Kartonwände. Frau Marinelli bekam bereits Angstzustände, wenn sie in den Keller hinunter mußte, um Wein vom Faß zu holen. Aber es gab keinen Sonnentag, an dem wir unsere gemästeten Brummer gegen ein lichtdurchflutetes Fenster hätten loslassen können…

Überhaupt spielten Tiere eine seltsame Rolle in diesem Film. Da mußte zum Beispiel eine Giftschlange für eine Einstellung durch die Wiese huschen. Aus Como kam ein Spezialist mit einer Flasche, in der die Schlange war, und natürlich wurde in einem Kühlschrank auch das nötige Serum deponiert, falls jemand gebissen werden sollte. In dem engen Raum, in dem wir eine turbulente Szene drehen mußten, standen viele leere Weinflaschen auf dem Fußboden, und irgendwie war die Flasche mit der Giftschlange darunter geraten. Beim Rückwärtsgehen hatte der Kameraassistent von Herrn Torsten die Flasche umgestoßen, die Schlange war herausgekrochen und auf Nimmerwiedersehn verschwunden. Tagelang gingen wir alle nur mit gesenkten Blicken und in ganz stabilen Schuhen herum, der Experte schimpfte und verlangte Schadensersatz, aber die Schlange blieb verschwunden, und schließlich reiste er wütend mitsamt seinem Serum wieder ab. Wir machten Witze darüber, was wohl giftiger sei: der Schlangenbiß oder der italienische Wein, denn es war das Jahr des großen Weinskandals, und im Produktionsbüro hing eine täglich länger werdende Liste mit den Namen der mit Methanol versetzten Weine, die man auf keinen Fall mehr trinken durfte.

Es regnete immer heftiger, und der Himmel war jetzt tiefdunkelgrau mit einem bösen Violett. Einer der Mitarbeiter des Szenenbildners, der nicht mit zum Jungfrauenjagen gefahren war, kam an den Tisch und fragte den Regisseur, ob man morgen bei dem Dreh an der Brücke «verbrannte Erde» machen dürfe. Verbrannte Erde hieß soviel wie die Gegend nachhaltig versauen. Manchmal räumten wir hinterher auf, manchmal machten wir verbrannte Erde und ließen tiefe Reifenspuren in den Wiesen zurück oder bauten eine Scheune, die einer unserer Lastwagen zusammengefahren hatte, einfach nicht mehr auf. Ich dachte dann an «Apocalypse Now», und daran, wie wenig die Kunst noch Kunst ist, wenn man nah dran ist.

Der Regisseur sagte, daß ab sofort überhaupt nicht mehr verbrannte Erde gemacht würde. Er habe hier Freunde gewonnen und wolle noch mal an den Ort zurückkommen und mit erhobenem Kopf durchs Dorf gehen können.

Alessandro Marinelli kam rein auf einen Espresso und einen Sambuca. Er setzte sich zu uns an den Tisch und erzählte, daß immer noch Dorfleute zu ihm kämen und darum bitten würden, auch in dem Film mitspielen zu dürfen. Was machst du dann? fragte ich ihn. Er grinste mit seinem zahnlosen Mund. Wenn es Männer sind, sagte er, schick ich sie weg. Wenn es Frauen sind, messe ich die Oberweite und sage dann: das ist für diesen Film zuwenig, komm nächstes Jahr wieder, da drehen wir in Spanien, dann können wir dich brauchen! Wir lachten, und ich bestellte mir noch einen Apfelkuchen. Als die kartenspielenden Italiener am Nebentisch das sahen, bekamen sie auch Appetit und orderten gleich die ganze Apfeltorte. Der Produktionsleiter, der hinten in einer Ecke über Zahlenkolonnen brütete und das Drehverhältnis ausrechnete, rief mir zu: Sag ihnen, sie sollen nicht soviel fressen, sonst werden sie zu fett und die Anschlüsse stimmen nicht mehr!

Der Produktionsleiter sprach kein Italienisch, obwohl er versprochen hatte, es vor Drehbeginn zu lernen. Er war auch tatsächlich zu einem Sprachinstitut gegangen, hatte 500 Mark Vorkasse bezahlt und dafür vom Kursleiter zwei Kassetten bekommen, die sollte er sich zu Hause in Ruhe anhören, und dann würde das schon klappen. Nichts klappte, und ich mußte dauernd für ihn übersetzen, Regine, sag ihm, er muß sich dem Bart färben lassen, auf dem Photo von der Agentur war der Bart schwarz, jetzt ist er grau, das sieht zu alt aus, Regine, was heißt leck mich am Arsch? Regine, bestell mir mal ein Omelett mit Pilzen, aber frische Pilze, nicht aus der Dose. Regine hier, Regine da, ich wurde den ganzen Tag rumgescheucht und wäre dabei so gern mal mit dem Regisseur allein gewesen, aber dazu hätte ich ein richtiges Problem haben müssen. Für Probleme hatte er immer Zeit, ich war einfach zu patent und fiel nicht unter seine besondere Aufmerksamkeit.

Alessandro Marinelli hatte den *Corriere della Provincia* mitgebracht, in dem eine Geschichte über unsere Dreharbeiten stand. Ausgerechnet über die Sache mit dem Schnee hatten sie geschrieben, eine Geschichte, die mehr mit ihrer absurden Provinz als mit unseren absurden Dreharbeiten zu tun hatte. Es gab in dieser ungewöhnlich kalten Jahreszeit auf höherliegenden Hängen und Hausdächern immer noch Reste von Schnee, die man bei den Totalen leuchten sah. Daher mußte in den ersten Tagen der Dreharbeiten die örtliche Feuerwehr anrücken und die Dächer freispritzen. Mit einem 150 Meter langen Schlauch waren sie angefahren gekommen, hatten bombastisch aufgedreht, und heraus kam nichts als ein kleines Rinnsal, weil der Druck nicht stimmte. Auf dem Dorfplatz gibt es zwar zu diesem Zweck einen Hydranten, nur war das ein Schweizer Modell, und der Schlüssel dazu stammte aus Italien und paßte nicht. Natürlich, sagten die Kenner, italienische Stecker passen ja auch nicht in Schweizer Steckdosen, viva Europa! Der Mann, der den richtigen Schlüssel verwaltete, war zum Einkaufen gefahren, und es dauerte anderthalb Stunden, bis wir ihn aufgestöbert und hergekarrt hatten. Der Bürgermeister des Ortes tobte: Und wenn es nun gebrannt hätte, Gusto? Reg dich nicht auf, Nino, sagte Gusto, es hat ja nicht gebrannt, es war ja nur Schnee, und auch nur für den Film! Das alles stand im *Corriere della Provincia*, und ein Photo war auch dabei – die Feuerwehr mit den Schläuchen, aus denen nun tüchtig Wasser spritzte. Der Regisseur sah sich das Bild fast wehmütig an und sagte: Da hat es wenigstens noch nicht dauernd geregnet, und Krisela bellte: Sie hätten ruhig mal ein Bild von den Dreharbeiten bringen können, diese Provinzheinis.

In diesem Moment kam Agnes herein. Sie strahlte und wirbelte und stürmte auf den Regisseur zu, den sie umarmte und küßte, und hinter ihr schlich Irmin mit zwei Koffern und verdrehte die Augen zur Zimmerdecke. Madonna! murmelte Alessandro Marinelli und glättete seine Haare mit Spucke. Die Männer hörten mit dem Kartenspielen und die Frauen mit dem Stricken auf, und der Regen trommelte laut an die Scheiben. Da bin ich, rief Agnes, jetzt kann's losgehen! Das Gesicht von Krisela erstarrte zum

Holzschnitt, und der Regisseur war aufgestanden und hatte Agnes einmal hochgehoben, im Kreis gedreht und vorsichtig wieder abgesetzt.

Wie fühlst du dich? fragte er, und sie lachte: Großartig!

Nachtdreh, sagte er, gleich heute, du kommst leider sehr spät.

Sie ließ sich auf einen Stuhl fallen, winkte mit der Hand einmal rundum allen zu und strich sich das Haar aus der Stirn.

Zuviel Arbeit, seufzte sie theatralisch, ich konnte einfach nicht früher weg, ihr Lieben.

Au weia, sagte Marja, wenn eine am Anfang so drauf ist, das geht nicht gut, was meinst du?

Ich wußte noch nicht, was ich meinte. Ich sah nur, wie Krisela fest die Lippen zusammenpreßte und spürte, daß sie jetzt nicht mehr die Nummer eins war, und Regieassistentinnen werden total hysterisch und flippen aus, wenn sie nicht Nummer eins im Herzen des Regisseurs sind, und dem Regisseur war ein feiner Schweißfilm auf die Stirn getreten. Irmin hatte die Koffer abgestellt und fragte Agnes:

Willst du was essen, soll ich dir was bestellen?

Sie wollte aber zuerst in ihr Zimmer, ein heißes Bad nehmen, und wo sei denn die Dispo?

Der Regisseur erklärte ihr, wann sie abgeholt

würde und daß das heute abend nur ein kleiner Dreh sei, Ankunft vor dem Haus, ihre große Szene käme morgen dran.

Agnes schaute sich um, warf mir einen uninteressierten Blick zu und bohrte ihre grünen Augen in Marja.

Kostüm? fragte sie, und Marja nickte, stand auf und ging zu ihr. Sie gaben sich die Hand, und Marja sagte:

Das besprechen wir nachher in der Maske, ich hab alles passend da.

Agnes nickte, stand wieder auf, und Irmin schnappte sich die Koffer. Alessandro Marinelli floß ein bißchen Spucke aus dem Mund, und der schöne Felice, der den arroganten Großgrundbesitzer spielte und aus Siena stammte, kniff die Augen zusammen und musterte Agnes so, daß es ihr auffiel und sie sich irritiert abwandte. Felice hatte schwarzes Haar und blaue Augen, er war ein Bilderbuchitaliener, ein netter Kerl und wirklich ein guter Schauspieler. Er flirtete ein bißchen mit Isolde, unserer Maskenbildnerin, aber sie blieb standhaft und wollte keine italienische Affäre, obwohl bei dem vielen Regen und dem ewigen engen Zusammensitzen die Verhältnisse allmählich aufweichten. Irmin tröstete sich über seine häuslichen Schwierigkeiten bereits mit Simonetta, die unsere Dolmetscherin war, Marja hatte meiner Meinung nach höchst heimlich etwas mit dem zweiten Beleuchter angefangen, und Krisela überredete den Regisseur immer öfter zu nächtlichen Diskussionen – ich weiß nicht, ob die in seinem oder ihrem Bett endeten, aber ich glaube es eigentlich nicht, denn sie war einfach zu häßlich und er galt als glücklich verheiratet, was immer das bei diesen Berufen bedeuten mag.

Agnes schwirrte ab, nach oben in ihr Zimmer, und wir blieben unten in dem muffigen Restaurant zurück. So, rief der Regisseur, da wäre sie, jetzt laßt uns das um Gottes willen gut durchziehen. Da Simonetta sofort nach Agnes' Abgang mit Rosanna zu tuscheln angefangen hatte, sagte er es auch noch mal auf italienisch. Jemand schaltete das Neonlicht an der Decke ein, und wir sahen alle aus wie alter ungesunder Käse. Felice stand am Fenster, rauchte und sah hinaus in den Regen.

Die Szene am Abend war relativ schnell im Kasten. Es goß in Strömen, wir drehten trotzdem draußen. Agnes mußte mit dem Auto vor ihrer Villa vorfahren, aussteigen und, ein Tuch über dem Kopf, zur Haustür hasten und aufschließen. Kurze Zeit später flammten überall im Haus die Lichter auf, sie kam noch einmal heraus und holte ihre Koffer. Wir machten das viermal, dann waren wir fertig und fuhren zurück ins Hotel.

Der Regisseur setzte sich mit Krisela und Agnes in eine Ecke, um die Szene für den nächsten Tag zu besprechen.

Wo ist Felice? fragte der Regisseur, und ich lief, um ihn zu holen. Ich fand ihn im Hof. Es hatte endlich aufgehört zu regnen, der Himmel war fast klar geworden, und Felice rauchte und starrte die Sterne an.

Sie suchen dich, sagte ich, aber er winkte ab. Erzähl mir, was du über Agnes weißt, sagte er. Ich erzählte ihm, was man so las und redete – daß sie ihre beste Zeit wohl hinter sich hatte, daß sie einen Selbstmordversuch gemacht haben sollte und seitdem noch schwieriger war als früher, daß in einer deutschen Boulevardzeitung neulich die Überschrift gestanden hatte: AGNES ANSELM BEI DREHARBEITEN ZUSAMMENGEBROCHEN, Untertitel: Schauspielerin fragte weinend nach dem Sinn des Lebens.

Felice sah mich verblüfft an, zog die Augenbrauen hoch und lachte ein wenig. Oha, sagte er und zog an seiner Zigarette. Am nächsten Tag war die Szene mit dem Hund dran. Agnes spielte in unserm Film eine Deutsche, die oberhalb des Dorfes ein Haus hat. Als sie dort mal wieder einige Zeit verbringt, sieht sie eines Tages, wie der Großgrundbesitzer einen Hund in die Schlucht zwischen Corrido und Carlazzo wirft. Sie stellt ihn heftig zur Rede, es gibt eine scharfe Auseinandersetzung, und ein paar Tage später wird Agnes mitten im Dorf erschossen. Ihre Leiche verschwindet – wahrscheinlich auch in der Schlucht –, und die Ermittlungen werden mehr als lasch geführt. Soweit das Drehbuch.

Alles, was vorher passierte und auch, wie sich das Dorf nach dem Mord hermetisch wieder zusammenschloß, hatten wir schon gedreht, es fehlten lediglich die Szenen mit Agnes; ihre Ankunft eben, die Szene mit dem Hund, eine Szene in ihrem Haus, wie sie herumtobt und telefoniert, ein resoluter Gang zum Bürgermeister, der Schuß, Tod, aus.

Den Hund hatten wir schon Tage vorher besorgt. Giancarlo, auf dessen Hof teilweise gedreht wurde, hatte angeboten, einen seiner Hunde zu diesem Zweck zu erschießen, er hatte eine Meute unglücklicher Jagdhunde, die in einem engen Zwinger auf Beton herumlungerten und darauf warteten, daß er vier-, fünfmal im Jahr mit ihnen zur Jagd in die Berge ging. Immer wieder starben welche oder wurden aggressiv und bissen Giancarlos Frau, dann wurden sie sowieso erschossen und anschließend in die

Schlucht geworfen. Die Schlucht war schmal, sehr tief, mehr als achtzig Meter, schätzten wir, und wurde von einer kleinen Brücke überspannt, die die Orte Corrido und Carlazzo hoch oben am Berg verband. Alles, was man nicht brauchte, landete in dieser Schlucht – alte Autoreifen, Kühlschränke, Matratzen, tote Tiere, manchmal auch eine zugebundene Plastiktüte mit lebenden Katzen, und von Giuseppina, die vor Jahren verschwunden und nie wieder aufgetaucht war, munkelte man auch, sie läge gewiß dort unten in der Schlucht. Wir fuhren alle immer etwas schneller über diese unheimliche, knarrende Brücke, die an den Seiten ein paar kaffeetassengroße Löcher hatte, durch die das Regenwasser abfließen und durch die man in die Tiefe sehen konnte. Heute nun mußte ausgerechnet auf dieser Brücke die Szene mit Agnes, Felice und dem Hund gedreht werden. Der Regisseur hatte es Giancarlo ausgeredet, einen seiner Hunde für den Film zu erschießen. Statt dessen hatte der Requisiteur im veterinärmedizinischen Institut der nächsten Stadt nachgefragt und einen Schäferhund bekommen, der gerade hatte eingeschläfert werden müssen. Ein präparierter Hund kam für uns nicht in Frage, der wäre zu steif gewesen, und es sollte so aussehen, als würde das Tier noch lebend in die Schlucht geworfen. Also ließen wir den eingeschläferten Hund tiefgefrieren, legten ihn in eine Kühltruhe und schoben die in die Garage von Andrea, der auch unsere Autos wartete. Eines Tages hatte Andreas kleine Tochter den Deckel der Truhe geöffnet und den gefrorenen Hund darin gesehen, sie hatte geschrien und sich stundenlang nicht beruhigen können. Zum Drehen mußte der Hund leicht angetaut werden, damit er sich ein bißchen bewegte, wenn er in die Schlucht runterflog, aber nicht zu sehr, damit er nicht stank. Als Agnes nun da war, begann der Requisiteur in der Nacht auf Andreas Hof mit dem Auftauvorgang und erschien am Drehort rechtzeitig mit dem steifgefrorenen Kadaver, an dem die Beine sich schon wieder leicht bewegen ließen. Keiner mochte in die Nähe gehen, und die Bühnenarbeiter spannten unter das Brückengeländer ein Netz, mit dem der Hund aufgefangen werden konnte, weil man ja die Szene gewiß mehrmals drehen mußte.

Felice erschien am Drehort mit einem Pritschenwagen, auf dem der Hund später mit zusammengebundenem Maul liegen sollte, und Felice hatte ein sauber gebügeltes Hemd und blitzsaubere Arbeitshosen an. Der Regisseur fluchte, und Marja mußte mit roter Farbe Blutflecken auf Hemd und Hose malen und alles ein bißchen naß machen und zerknittern. Agnes kam in einem geblümten Seidenkleid mit Strohhut und sah wunderbar, aber nervös aus. Sie hatte Angst, die Brücke zu betreten und traute sich nicht in die Nähe des Geländers, von wo aus man in die dunkle, grüngraue Tiefe blickte. Sie gab Felice zurückhaltend die Hand und wartete mit zusammengepreßten Lippen, bis es losging. Während er auf der Brücke hielt, den Hund hinten runternahm und ihn in die Schlucht warf, sollte sie mit ihrem Auto auf die Brücke fahren, bremsen und Felice zur Rede stellen. Irmin sperrte die Straße ab, damit uns keine anderen Autos durch die Szene fahren konnten, und dann ging es los. Es war nach Wochen der erste Tag, an dem die Sonne schien, und sie schien kräftig, schon am frühen Mittag. Wir probten zuerst mit Felice, den Hund so zu werfen, daß er im Netz landete und wieder hochgezogen werden konnte. Der Hund fing an, streng zu riechen, und keiner mochte ihn mehr anfassen. Es war ein großer, schöner Hund mit gepflegtem Fell, aber durch das Einfrieren und Auftauen sah er struppig und etwas unförmig aus, und wir grausten uns alle vor ihm. Felice wollte Handschuhe haben, um ihn nicht anfassen zu müssen, aber der Regisseur sagte, daß italienische Bauern keine Handschuhe tragen würden, und bald wäre ja alles vorbei. Ich dachte an andere Regisseure, die in einem solchen Fall gesagt hätten: Sonst noch was! oder: Du bist Schauspieler und machst das gefälligst und basta. Aber so konnte er nicht sein, er ließ über alles mit sich diskutieren.

Jetzt waren wir soweit, daß Agnes kommen konnte. Felice stoppte, lud den Hund ab, Krisela gab Agnes ein Zeichen, sie fuhr los, bremste neben Felice, stieg aus. Die ersten beiden Male standen die Autos für Herrn Torstens Kamera nicht richtig nebeneinander. Beim drittenmal war Agnes nicht rechtzeitig losgefahren, und der Hund lag schon im Netz, als sie endlich kam. Dann machte Felice einen Fehler, und der Hund fiel ihm vom Auto, so daß jeder sah, daß er schon tot war. Dann kam ein Bus mit Schulkindern und mußte durchgelassen werden. Wir wurden alle nervös, Agnes schwitzte und die Maskenbildnerin puderte ihr wieder und wieder Stirn, Hals und Nase. Dann hatte technisch alles geklappt, aber Agnes stand vor Felice und starrte ihn nur aus weitaufgerissenen Augen an, ohne etwas zu sagen, sie hatte ihren Text vergessen oder er war ihr im Hals steckengeblieben. Felice fluchte, wischte sich den Schweiß ab und verlangte eine Pause. Der Requisiteur packte den Hund in eine große Kühltasche mit Eis, Felice legte sich in die Wiese, Herr Torsten rauchte und lehnte sich dabei weit übers Geländer. Irgendwie hätten wir alle Lust gehabt, ihm einen kleinen Schubs zu geben. Der Regisseur flüsterte mit Agnes, die in Tränen ausgebrochen war, und Krisela wandte sich ab und schniefte eine Portion. Ich wollte mein Frühstückshörnchen aufessen, aber ich kriegte keinen Bissen runter, und inzwischen dampfte es aus der Schlucht hoch, als hätte sich die Hölle aufgetan. Nach den wochenlangen Regenfällen erwärmte sich die nasse Erde und schickte das viele Wasser, das sie hatte schlucken müssen, in die Luft zurück. Es sah gespenstisch aus und war schwül und schwer zu atmen.

Felice kaute an einem Grashalm und sah aus schmal zusammengekniffenen Augen zu Agnes hinüber. In seinem Blick waren Haß und Leidenschaft, er verachtete sie und wollte sie haben, und sie, die Männererfahrene, an der Schwelle zum ‹nicht mehr jung und nicht mehr schön sein›, beruflich bereits an zweitklassigen Theatern und in drittklassigen Fernsehserien gelandet, sie spürte all das und wehrte sich und verzweifelte zwischen Angst und Bosheit. Am liebsten wäre ich zum Regisseur gelaufen und hätte gesagt, hör mal, ändere um Himmels willen diese Szene, laß sie nur vorbeifahren und sehen, wie er den Hund in die Schlucht wirft, aber laß sie nicht aussteigen, nicht zu ihm gehen, das geht nicht gut. Aber ich tat es nicht, weil ich nur das Scriptgirl war, weil ich mich nicht wichtig machen wollte, weil ich mich nicht in die Nähe von Agnes traute, ach, warum tut man etwas nicht, von dem man spürt, es wäre das Richtige – vielleicht, weil der Augenblick, in dem man es spürt, zu kurz ist. Herr Torsten drehte sich um und sang «Leavin' Memphis with a guitar in his hand and a one-way-ticket to the promised land...», und als alle ihn entsetzt ansahen, weil er jetzt singen konnte, hörte er auf damit, pfiff und ging hinter seine Kamera zurück. Marja glättete Felices Garderobe, und der Regisseur rief: Laß das, Marja, jetzt ist es endlich gut so! Agnes setzte ihren Strohhut auf und ging zu ihrem Auto zurück. Irmin sperrte die Straße, das Ganze ging von vorn los. Felice fuhr an die Stelle, die auf der Brücke mit Lassoband gekennzeichnet war, stoppte, nahm den Hund und warf ihn in die Tiefe, beziehungsweise natürlich ins Netz. Agnes fuhr los, stoppte, stieg aus und lief auf Felice zu. In ihrem Gesicht war soviel Haß und Angst und Wut, sie schlug Felice mit den Fäusten auf die Brust, was nicht im Drehbuch stand, und er starrte sie an mit seinen blauen Augen und packte sie plötzlich unter den Armen, hob sie hoch und hielt sie weit übers Geländer –

sie hing über der Schlucht, einen Moment, eine Ewigkeit, ich weiß es nicht, ich schloß die Augen. Es war totenstill bis auf das Grollen des Wassers von tief da unten – kein Schrei, niemand lief hin, Felice stand einfach da und hielt Agnes übers Geländer, und als ich wieder hinschaute, sahen sie sich an. Beiden lief der Schweiß übers Gesicht, Agnes war unter ihrer Schminke leichenblaß geworden, und er zitterte am ganzen Körper. Ich hatte Todesangst, daß er sie nicht mehr würde halten können. Im Zeitlupentempo bewegte sich jetzt der Regisseur auf die beiden zu, streckte den Arm aus, kein Ton kam über seine Lippen, Herr Torsten stand neben seiner noch laufenden Kamera und rührte sich nicht. Marja hatte beide Hände vor den Mund geschlagen und die Augen weit aufgerissen, und dann endlich, unendlich langsam, schwenkte Felice mit Agnes in den Händen zurück über das Brückengeländer und setzte sie sanft und ganz vorsichtig auf der Brücke ab. Er atmete schwer, ließ die Arme hängen, und Agnes stand da und lehnte ihren Kopf an seine Brust. Der Regisseur blieb stehen, und wir wußten alle nicht, was jetzt geschehen würde – Tränen, Geschrei, Zusammenbrüche, eine Schlägerei, es war alles möglich, doch statt dessen ging Agnes zu ihrem Auto, ohne ein Wort zu sprechen, fuhr zurück an den Ausgangspunkt und wartete mit laufendem Motor. Felice zog den Hund aus dem Netz, warf ihn hinten auf den Pritschenwagen und fuhr ebenfalls an seinen Ausgangspunkt, auf der anderen Seite der Brücke. Der Regisseur stand ratlos da, gab dann dem Kameramann ein Zeichen, und gespenstisch begann die Szene noch einmal von vorn. Felice fuhr vor, bremste, stieg aus und nahm den Hund. Von der anderen Seite kam Agnes, hielt scharf neben ihm, stieg aus, rannte auf ihn zu, und Felice schleuderte mit einem riesigen Schwung den widerlichen Hundekadaver, halb gefroren, halb aufgetaut, weit über das Tal, wie ein großer Vogel flog er ein Stück und fiel dann senkrecht herunter, während Agnes schrie und tobte und auf Felice einschlug und kreischte und brüllte und weinte und ihm das Hemd in Fetzen riß. Felice schleuderte sie von sich weg, zündete sich eine Zigarette an, stieg ein und fuhr davon. Agnes blieb auf der Brücke liegen.

Die Szene war großartig, und sie war im Kasten, und niemand sagte ein Wort. Der kleine Bus fuhr die Schauspieler ins Hotel zurück, die Crew baute Netz, Kabel, Lampen und Straßensperrung ab. Ich saß mit Irmin, Krisela und dem Regisseur im Auto, niemand sprach. Irmin fuhr wie auf Glatteis, vorsichtig, als hätte er eben erst einen schweren Unfall überlebt. Im Restaurant saßen die, die an diesem Tag drehfrei hatten, spielten Karten und wollten uns entgegenjohlen, aber sie schluckten es herunter, denn wir müssen eigenartige Gesichter gemacht haben. Jeder ging sofort auf sein Zimmer, und ich glaube nicht, daß jemand in dieser Nacht gut schlief. Unten wurde noch lange geredet und getrunken, die Bühnenarbeiter und Requisiteure schmückten die Geschichte wohl in immer neuen Varianten aus, und gegen drei Uhr früh hörte ich den Szenenbildner mit seinen Mitarbeitern durch den Flur torkeln, und er rezitierte laut und betrunken Shakespeare: Was ist das Leben? Eine Mär, erzählt von einem Idioten, ohne Sinn und nichts bedeutend. Jawoll. Am nächsten Tag war Felice abgefahren, seine Drehzeit war zu Ende, er verabschiedete sich von niemandem. Wir drehten in einer seltsam dumpfen, aber hochkonzentrierten Stimmung unsern Film fertig. Agnes war still, präzise, gar nicht zickig, sie sprach kaum und verschwand nach den Dreharbeiten sofort auf ihrem Zimmer. Der Regisseur fing in den letzten Tagen noch das Saufen an, und eines Abends saßen wir beide ganz allein in dem fast dunklen Restaurant, sogar Krisela war schon zu Bett gegangen. Wir drehten uns jeder einen Joint und rauchten schweigend, bis er plötzlich sagte:

Weißt du, was ich mal irgendwo gelesen habe? Es war im Zusammenhang mit Haschischrauchen, daß man es nicht vor Kriegen tun soll, weil es sanft macht. Da habe ich gelesen: Der Dolch trifft dann nicht, da das Herz zu Zärtlichkeiten neigt. An den Satz muß ich immer denken.

Ich zog an meinem Joint und dachte an Felice, der mit einer so wilden Liebe Agnes über den Abgrund gehalten hatte. Gar nichts hätte passieren können, und gar nichts war passiert. Und unten verweste unser gefrorener Hund.

50 JAHRE ROWOHLT ROTATIONS ROMANE

50 Taschenbücher im Jubiläumsformat
Einmalige Ausgabe

Paul Auster, *Szenen aus «Smoke»*
Simone de Beauvoir, *Aus Gesprächen mit Jean-Paul Sartre*
Wolfgang Borchert, *Liebe blaue graue Nacht*
Richard Brautigan, *Wir lernen uns kennen*
Harold Brodkey, *Der verschwenderische Träumer*
Albert Camus, *Licht und Schatten*
Truman Capote, *Landkarten in Prosa*
John Cheever, *O Jugend, o Schönheit*
Michael Crichton, *Die Lehren des Kaktus*
Roald Dahl, *Der Weltmeister*
Karlheinz Deschner, *Bissige Aphorismen*
Colin Dexter, *Phantasie und Wirklichkeit*
Joan Didion, *Wo die Küsse niemals enden*
Hans Fallada, *Reisevorbereitungen*
Hannah Green, *Kinder der Freude*
Václav Havel, *Von welcher Zukunft ich träume*
Stephen Hawking, *Ist alles vorherbestimmt?*
Elke Heidenreich, *Dein Max*
Ernest Hemingway, *Indianerlager*
James Herriot, *Sieben Katzengeschichten*
Rolf Hochhuth, *Resignation oder Die Geschichte einer Ehe*
Klugmann/Mathews, *Kleinkrieg*
D. H. Lawrence, *Die blauen Mokassins*
Klaus Mann, *Der Vater lacht*
Armistead Maupin, *So fing alles an ...*
Henry Miller, *Der Engel ist mein Wasserzeichen*

50 JAHRE ROWOHLT ROTATIONS ROMANE

Nancy Mitford, *Böse Gedanken einer englischen Lady*
Toni Morrison, *Vom Schatten schwärmen*
Milena Moser, *Mörderische Erzählungen*
Herta Müller, *Drückender Tango*
Robert Musil, *Die Amsel*
Vladimir Nabokov, *Eine russische Schönheit*
Dorothy Parker, *Dämmerung vor dem Feuerwerk*
Rosamunde Pilcher, *Liebe im Spiel*
Gero von Randow, *Der hundertste Affe*
Ruth Rendell, *Wölfchen*
Philip Roth, *Grün hinter den Ohren*
Peter Rühmkorf, *Gedichte*
Oliver Sacks, *Der letzte Hippie*
Jean-Paul Sartre, *Intimität*
Dorothy L. Sayers, *Eine trinkfeste Frage des guten Geschmacks*
Isaac B. Singer, *Die kleinen Schuhmacher*
Maj Sjöwall/Per Wahlöö, *Lang, lang ist's her*
Tilman Spengler, *Chinesische Reisebilder*
James Thurber, *Über das Familienleben der Hunde*
Kurt Tucholsky, *So verschieden ist es im menschlichen Leben*
John Updike, *Dein Liebhaber hat eben angerufen*
Alice Walker, *Blicke vom Tigerrücken*
Janwillem van de Wetering, *Leider war es Mord*
P. G. Wodehouse, *Geschichten von Jeeves und Wooster*

Programmänderungen vorbehalten